Ene, mene, mule
wir plaudern aus der Schule

Schüler schreiben Bücher ©

Ene, mene, mule

wir plaudern aus der Schule

Die Kinder der Johannesschule, Dorsten

Eine Initiative des
LSF Landesverband Schulischer Fördervereine NRW e.V.

...eine starke Verbindung

Impressum

Bibliografische Information der Deutschen Bibliothek:
Die Deutsche Bibliothek verzeichnet diese Publikation
in der Deutschen Nationalbibliografie;
detaillierte Daten sind im Internet über <http://dnb.ddb.de> abrufbar.

©2006 – LSF Landesverband Schulischer Fördervereine NRW e.V.

Umschlaggestaltung: Hilberg & Hilberg Werbeagentur, 42579 Heiligenhaus

Herstellung und Verlag: Books on Demand GmbH, Norderstedt

ISBN 3-8334-4976-4

Liebe Leser,

als wir das erste Mal von der Möglichkeit erfuhren, ein Buch schreiben und veröffentlichen zu können, waren wir völlig begeistert. Darauf folgten Fragen, wie: Wie viel Zeit nimmt solch ein Projekt in Anspruch? Wer besitzt die notwendige Kompetenz, die Kinder beim Schreiben zu begleiten?

Schnell waren wir uns einig, dass die Eltern des Fördervereins solch ein Vorhaben anstoßen, aber nicht betreuen konnten.

So wurde aus der Idee, ein Buch zu schreiben, das Projekt „Schüler der Johannesschule schreiben".
Alle Klassen beteiligten sich mit unterschiedlichen Beiträgen.

Dem Engagement des Kollegiums und dem Enthusiasmus der Kinder ist es zu verdanken, dass dieses Buch Realität geworden ist.

Knapp ein Jahr von der Projektvorstellung „Schüler schreiben Bücher" des LSF bis zur Drucklegung ist vergangen. Es war vor allem für die Lehrer mit erheblichem Zeitaufwand verbunden, mit den Kindern Themen zu erarbeiten, die Beiträge zu bündeln und in eine Form zu bringen.
Lassen Sie sich von den Kindern Geschichten erzählen, Sachverhalte und Gedichte erklären.

Wir wünschen den kleinen Autoren viel Erfolg!

Verein von Freunden und Förderern
der Grundschule Johannes Dorsten e.V.
Der Vorstand

Inhaltsverzeichnis

Tier - ABC
und
Tierisches

geschrieben
und
gemalt

von
Klasse 1a
und
Klasse 1b

Adler

Bär

Chamäleon

Delphin

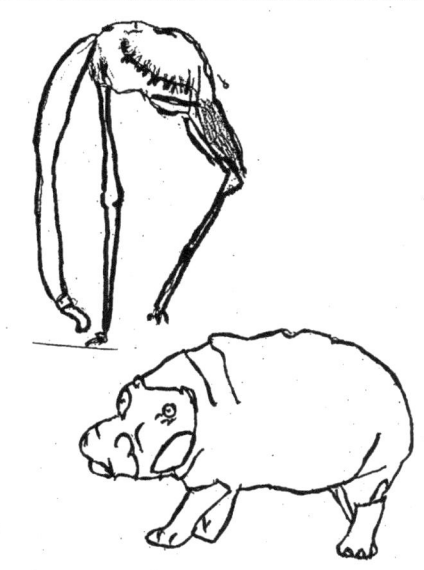

Elefant

Flamingo|Flusspferd

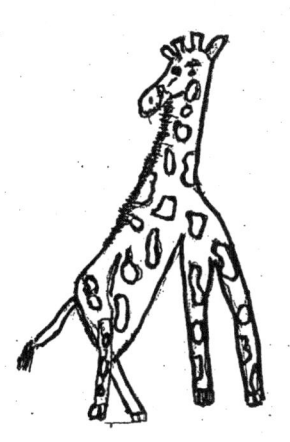

Giraffe

Hai

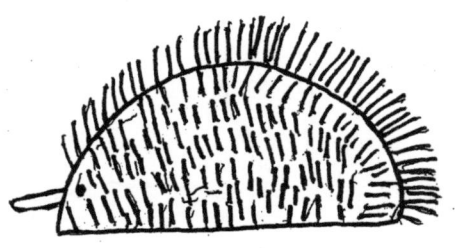

Igel

Jaguar

Känguru/Krokodil

Lama/Löwe

Meerschweinchen

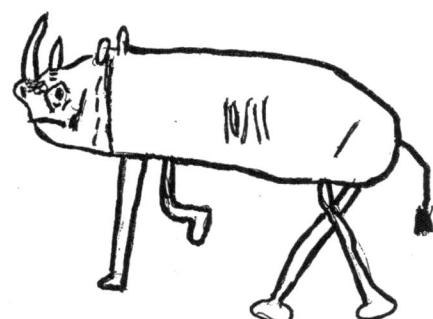

Nashorn

Orang-Utan

Pinguin

Qualle

Robbe

Schild kröte

Tiger

Uhu

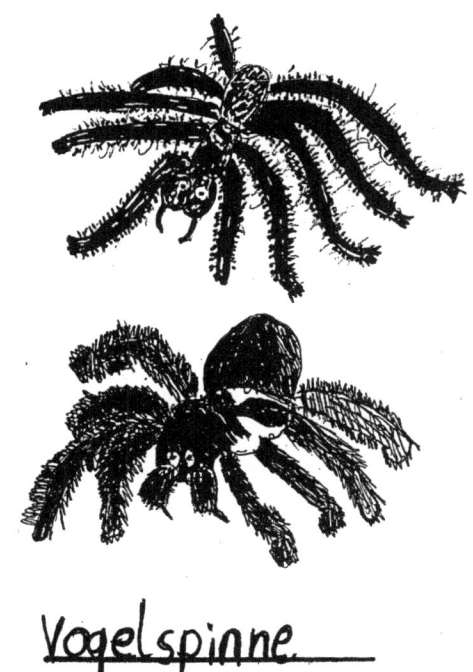

Vogelspinne

Wildpferd

X-Bein-Tier

Yak

Zebra

Emily Denzel LAURAS
LauraM. Alexander
Lilli Benjamin Nina
Leonie Fabian
MoRitz
YaREN Mert Jeanine
Lea M Saskia
Ylmas

Micky Arno
Jonas Camillo

DAVID
Amel
Sergeh

Mia Klara

Emily Martin
Luca
Sarah Lorenzo
ALYSSA
Jan Robin
Julian
Michelle Tim
Oarvin
Antonella Pearl
ogushan Kim
Samuel Michelle Görkem
Annalena

Die Giraffe frisst gerne Blätter. Eine Giraffe hat einen langen Hals. Giraffen leben im Zoo. Giraffen haben Flecken im Fell. Giraffen leben nicht im Meer.

Schildkröten essen Salat und Karotten. Die Schildkröten haben einen Panzer auf dem Rücken und es gibt sie in verschiedenen Größen. Die Schildkröten sind grün.

Die Vogelspinne beisst in ihr Opfer und spritzt den Saft rein. Die Vogelspinne wirft in ihr Opfer Haare.

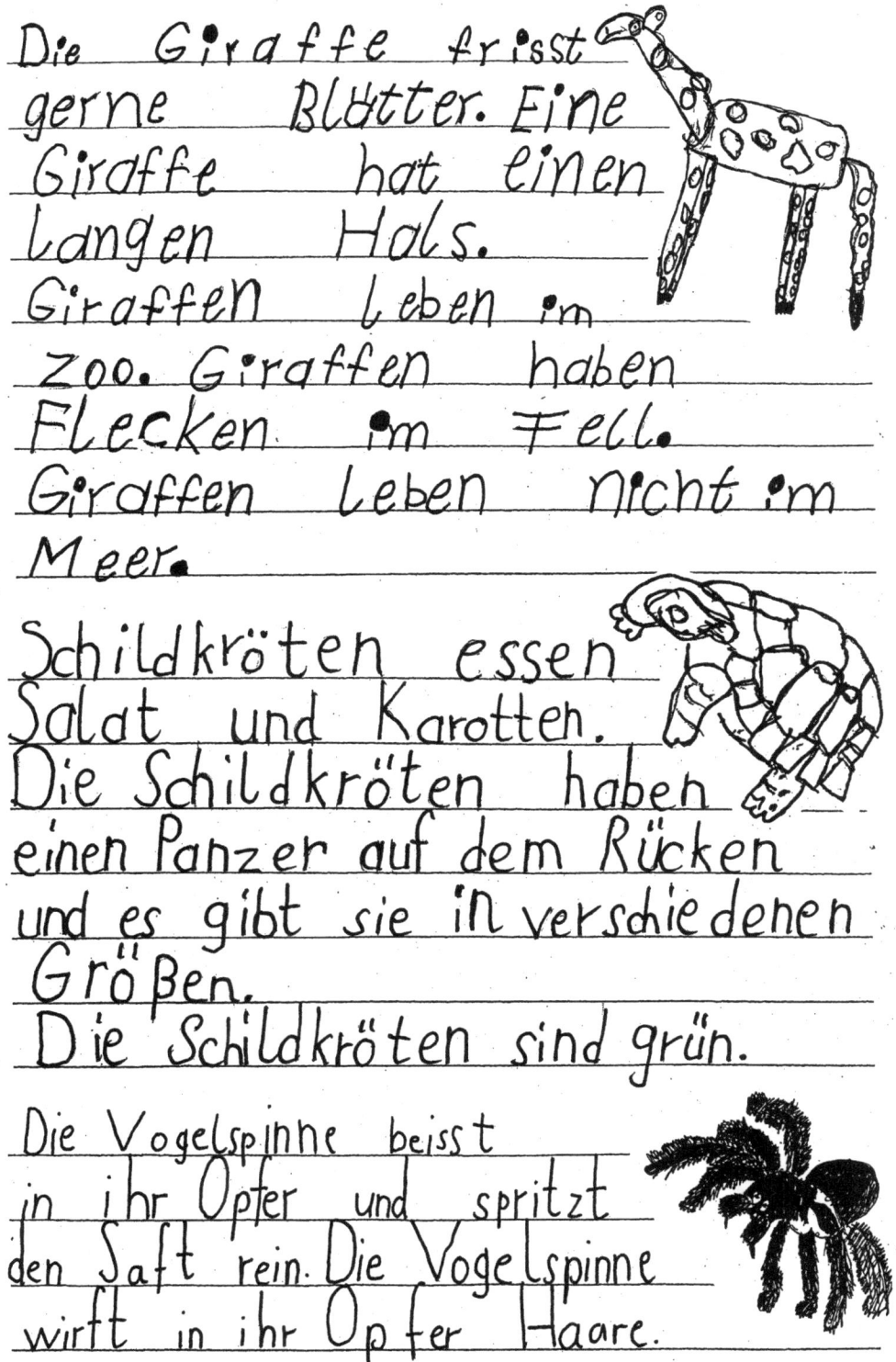

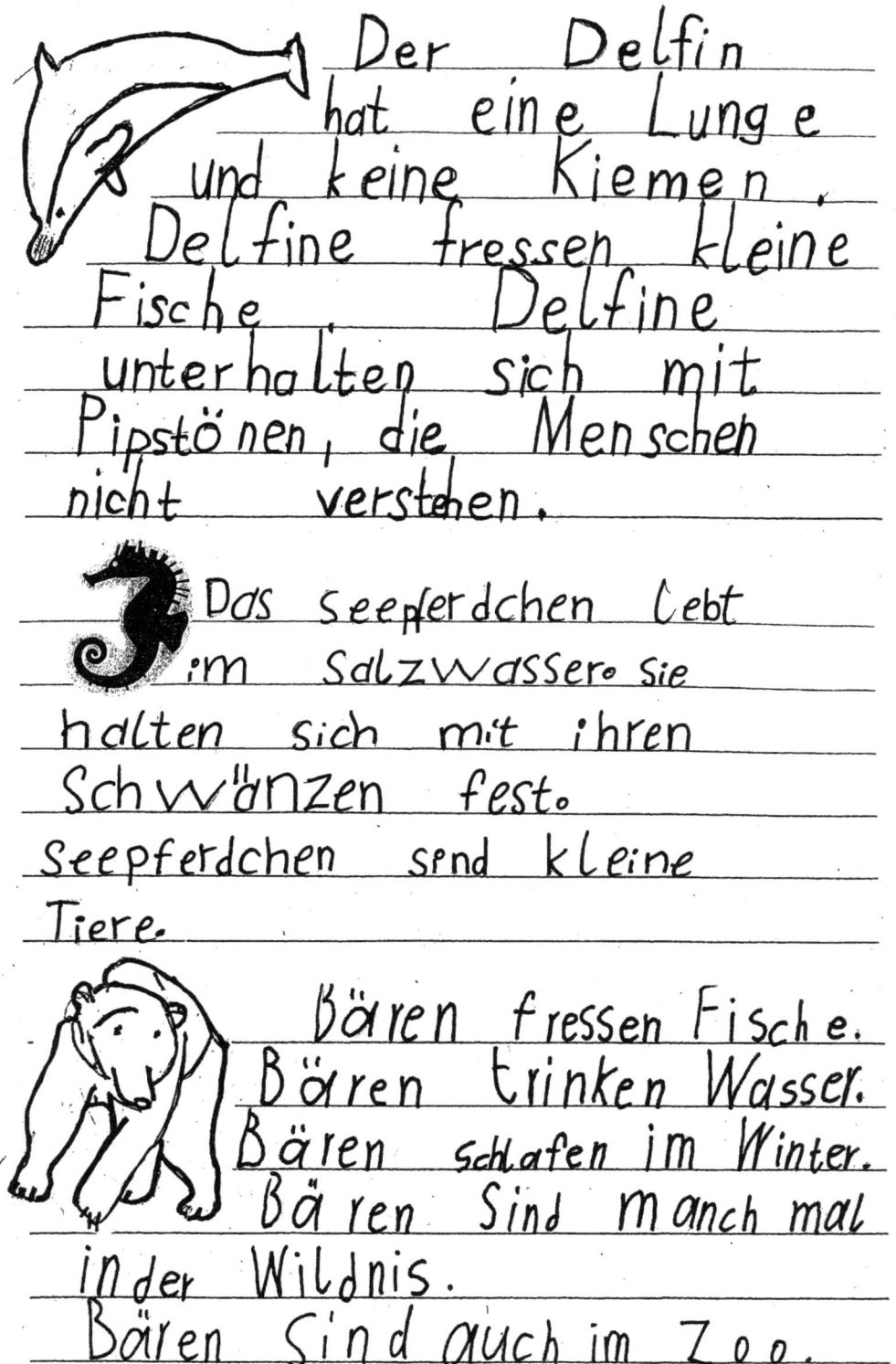

Der Delfin hat eine Lunge und keine Kiemen. Delfine fressen kleine Fische. Delfine unterhalten sich mit Pipstönen, die Menschen nicht verstehen.

Das Seepferdchen lebt im Salzwasser. Sie halten sich mit ihren Schwänzen fest. Seepferdchen sind kleine Tiere.

Bären fressen Fische. Bären trinken Wasser. Bären schlafen im Winter. Bären sind manchmal in der Wildnis. Bären sind auch im Zoo.

Es war einmal ein
Elefant, der
suchte einen
Freund. Er ging
durch die
Wüste und
traf ein Erdmännchen.
Weil ihm so heiß war hat er
sich mit Wasser abgeduscht. Er wusste
in seinem Alter nicht, dass der
Freund ein Erdmännchen war, aber er
war glücklich. Und wenn sie nicht
gestorben sind, dann leben sie noch
heute.
Der Elefant geht in der Wüste spazieren.
Er kommt an ein Wasserloch. Er trifft
ein Erdmännchen. Der Elefant saugt
einen ganzen Rüssel mit Wasser
voll und schüttelt sich das
Wasser auf den Kopf.
Der Elefant trifft einen kleinen
Freund, das Erdmännchen. In der Wüste
ist es warm. Der Elefant spritzt mit
Wasser und der Freund bekommt die
Spritze auch.

Zwei Erd-
männchen und
ein Mann.
Auf dem ersten
Bild sitzt das
erste Erdmännchen
und das zweite steht so wie ein
Känguru. Auf dem zweiten Bild beißt das
eine dem Mann in den Po.

Ein Erdmännchen sitzt hinter dem Schuh. Ein
anderes Erdmännchen guckt sich den Po von einem
Mann an. Es dreht sich um. Es beißt dem Mann in den
Po.
Es war einmal ein Mann. Er wollte
Haustiere haben. Da hat er die perfekten
Tiere gefunden. Es waren die Erdmännchen.
Und wenn er nicht gestorben ist, dann
lebt er hoch heute.
Das Erdmännchen beißt dem Mann in den
Popo. Der Mann schreit: Aua. Da ist ein
anderes Erdmännchen. Es sitzt hinter
dem Schuh und guckt neugierig zu.

Der Mann
und die
Erdmännchen

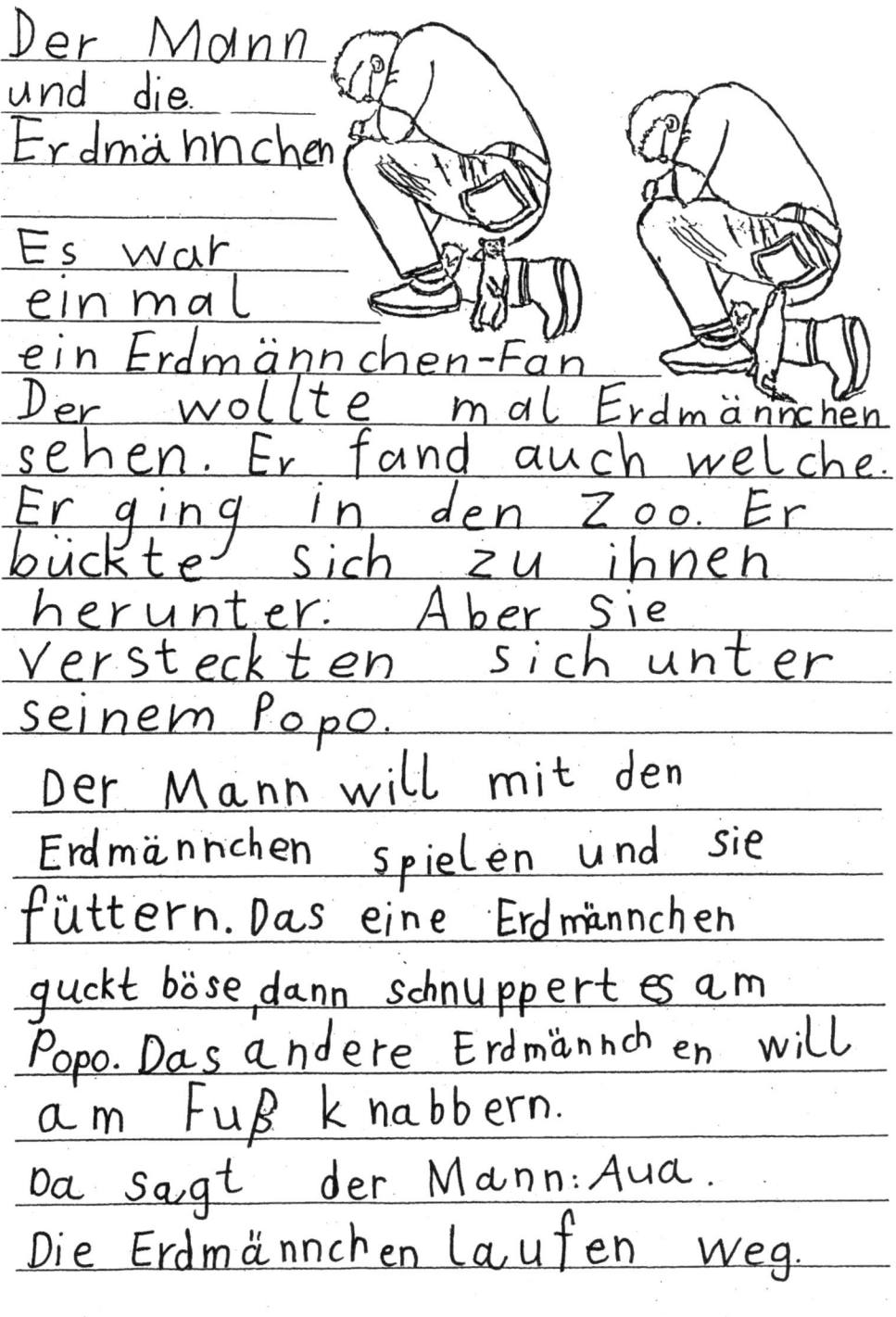

Es war
einmal
ein Erdmännchen-Fan
Der wollte mal Erdmännchen
sehen. Er fand auch welche.
Er ging in den Zoo. Er
bückte sich zu ihnen
herunter. Aber sie
versteckten sich unter
seinem Popo.

Der Mann will mit den

Erdmännchen spielen und sie

füttern. Das eine Erdmännchen

guckt böse, dann schnuppert es am

Popo. Das andere Erdmännchen will

am Fuß knabbern.

Da sagt der Mann: Aua.

Die Erdmännchen laufen weg.

Der Elefant und das Erdmännchen

Es war einmal ein Erdmännchen. Sein Name war Hoppi. Hoppi ging in den Zoo. Hoppi hatte nicht gemerkt, dass ein Elefant vor ihm stand. Hoppi sagte: Lieber Elefant tue mir nichts.

... Der Elefant guckte das Erdmännchen an und sagte: Sollen wir Freunde sein? Und das Erdmännchen sagte: O ja, ich will dein Freund sein. Der Elefant fragte: Willst du Wasser?

... Der Elefant Otto hat sich am Teich Wasser in den Rüssel gefüllt und Otto und das Erdmännchen nehmen auf der Wiese eine kühle Dusche.

... weil es so heiß ist. Und das Erdmännchen gibt dem Elefanten eine Erdnuss.

... Das Erdmännchen und der Elefant haben gelacht.

Löwen sind Fleischfresser. Sie fressen sehr viele
verschiedene Fleischsorten. Löwen sind beim Jagen ganz
leise, so dass das Beutetier sich nicht erschreckt und den
Feind entdeckt und wegläuft.
Der Löwe ist sehr gefährlich.
Er hat scharfe Zähne. Der
Löwe ist mächtig. Der·Löwe ist·schön·
und·stark. Der·Löwe·ist·wild. Der·Löwe·
schläft·viel·Er·hat·ein·weiches·Fell.

Der Gepard ist gefleckt.
Der Gepard kann sehr schnell laufen.
Der Gepard hat oben am Hals ein
gesträubtes Fell.
Der Gepard ist ganz
schön gefährlich. Er kann
sich gut anschleichen.
Der Gepard hat scharfe Zähne.
Der Gepard frisst Fleisch.
Der Gepard hört gut und kann gut sehen.
Der Gepard ist ein Einzelgänger.

Der Löwe ist der König der
Tiere. Er ist gefährlich.
Der Löwe ist ein Fleischfresser.
Er ist immer hungrig.
Der Löwe hat scharfe Zähne.
Der Löwe jagt das Zebra
Der Löwe hat ein gelbes Fell.
Er hat eine starke Mähne.
Der Löwe ist eine große
Wildkatze und ein Raubtier.

Das Zebra ist schön.
Das Zebra ist leise.
Es ist schwarz-weiß gestreift.
Das Zebra frisst Gras.
Das Zebra hat eine Mähne.
Das Zebra ist schlau.
Das Zebra kann schnell laufen.
Die Zebras leben oft in
großen Herden, um sich
vor Feinden zu schützen.
Die Zebras leben in Afrika.

Der Leopard ist ein Raubtier.
Er hat das schönste Fell.
Der Leopard kann gut klettern.
Er klettert auf Bäume und
hängt da seine Beute auf.
Der Leopard lebt in Afrika.
Der Leopard ist ein bisschen
lahmer als der Gepard.
Der Leopard ist bissig.
Der Leopard ist gefleckt.

Der Gepard ist sehr schnell.
Der Gepard hat scharfe Zähne.
Der Gepard ist gefleckt.
Der Gepard ist bissig.
Der Gepard ist leise.
Der Gepard ist schön.
Der Gepard ist gierig.
Der Gepard ist hungrig.
Der Gepard ist gefährlich.
Der Gepard ist sehr flink.
Der Gepard ist stolz.

Leoparden töten ihre Beute durch einen Biss in die Kehle.
Der Leopard hat ein braunes Fell mit schwarzen
Punkten. Ein Leopard ist gefährlich. Leoparden
fressen Fleisch.
Der Leopard ist stark und kann gut
klettern.
Er kann ein ganzes Zebra auf einen
Baum bringen.
Der Leopard ist ein Einzelgänger.

Der Strauß hat lange Beine.
Der Strauß kann sehr schnell laufen.
Der Strauß hat einen langen Hals.
Der Strauß kann nicht fliegen.
Der Strauß hat lange Federn.
aber nur kleine Flügel.
Der Strauß frisst Tiere und Pflanzen.
Die Eier vom Strauß sind sehr groß.
Frau Strauß ist grau.
Herr Strauß ist schwarz-weiß.

Das Zebra ist schwarz-weiß gestreift. Das Zebra ist ein Säugetier.

Zebras sind oft die Beute von Löwen.

Das Zebra frisst Gras.

Das Zebra lebt in Herden.

Das Zebra hat fast die gleiche Form wie ein Pferd. Das Zebra ist leise.

Das Nashorn ist grau und meistens im Wasser.

Das Nashorn ist laut wenn es läuft. Es schnauft.

Das Nashorn ist fett und schwer.

Das Nashorn ist stark und wild.

Das Nashorn ist immer hungrig.

Das Nashorn ist gestreift.

Das Nashorn ist mächtig.

Das Nashorn ist bissig.

Das Nashorn hat zwei kleine Ohren.

Das Nashorn hat zwei Hörner.

Der Strauß hat lange Beine. Der Strauß hat einen langen Hals. Der Strauß ist ein Vogel. Der Strauß wird drei Meter groß und bis zwei Meter lang. Er kann nicht fliegen aber dafür kann er schnell laufen. Der Strauß hat schöne Federn.

Das Nashorn hat ein Horn. Das Nashorn ist dick. Das Nashorn hat einen kleinen Schwanz und kleine Ohren. Das Nashorn ist fett und schwer. Das Nashorn ist stark und mächtig. Das Nashorn ist gefährlich. Das Nashorn hat dicke Falten. Das Nashorn ist kein Raubtier. Es ist ein Pflanzenfresser. Das Nashorn ist ein Rhinozeros.

Wie heißt das Tier ?
Male das Tier oder klebe ein passendes Bild ein.

Es hat lange rote Beine und rosa Federn: Flamingo

Es lebt im ewigen Eis und trägt ein dichtes weißes Fell: Ei s b ä r

Seine Haut ist grau. Es hat große Ohren und einen Rüssel: Elefant

Es hat zwei Höcker Kamel

Wie heißt das Tier?
Male das Tier oder klebe ein passendes Bild ein.

Es hat ein schwarz-weiß gestreiftes Fell: Zebra

Es hüpft und trägt sein Kind in einem Beutel: Känguru

Es kann gut klettern und mag Bananen: Affe

Es hat einen krummen Schnabel und ein sehr buntes Federkleid.

Papagei

Lustige Tierreime u. Rätsel:

Sie gilt als sehr weise,
nachts geht sie auf die Reise
und frisst gerne Mäuse.
Das Tier heißt: Eule

Ihr Fell ist stark gefleckt.
Der Hals ist lang gereckt.
Ich hab sie mal geneckt,
da hat sie sich erschreckt.
Das Tier heißt: Giraffe

Er ist fast immer Sieger,
man nennt ihn einfach Tiger.
Das Tier heißt: Tiger

Er hat ein schönes Fell
und ist besonders schnell.
Das Tier heißt: Leopard

Sie ist das stärkste Tier,
weil sie ein Haus
auf ihrem Rücken trägt.
Das Tier heißt: Schnecke

Klasse 2a: Schneeballgedichte

Die Kinder der Klasse 2a haben Schneeballgedichte zu selbst gewählten Themen geschrieben. Der Name „Schneeballgedicht" bezieht sich nicht auf den Inhalt, sondern auf die äußere Form des Gedichts. Ein Schneeballgedicht besteht aus neun Zeilen und der Überschrift. Zeile 1 nennt mit einem Wort das Thema des Gedichts. Bis zu Zeile 5, einem Satz, der mit „Ich" anfängt, wird jede Zeile um ein Wort erweitert. Von Zeile 6 bis zur letzten Zeile nimmt die Anzahl der Wörter wieder ab. Das Gedicht endet wie es begonnen hat, mit einem Wort, diesmal einem Adjektiv.

Mein Lieblingstier

Rosje

Ein Pony

Klein und wild

Rosje wiehert oft laut

Ich reite sie ganz gern

Sie lebt im Stall

Eigenwillig und zottelig

Weißes Fell

Schnell

von Marie-Theres

Tiere

Pferde

Kein Schaukelpferd

Pferde sind süß

Pferde fressen gerne Äpfel

Ich möchte gerne reiten können

Über Stock und Stein

Wie der Wind

Pferde striegeln

weiß

von Kübra

Mein Haustier

Trixi

Mein Hund

Sie beißt nicht

Trixi hat kaum Zähne

Ich streichle ihr weiches Fell

Sie frisst gerne Wurst

Klein und alt

Sie bellt

Kuschelig

von Acelya

Der gepunktete Hund

Dalmatiner

Die Punkte

Der lange Schwanz

Schwarze und weiße Punkte

Ich möchte einen Dalmatiner haben

Der Dalmatiner rennt schnell

Er ist lieb

Weiches Fell

Groß

von Maren

Mein Lieblingstier

Schildkröten

Langsam kriechen

Schnell im Wasser

Ihr Panzer ist dick

Ich finde Schildkröten sehr schön

Sie fressen grünen Seetang

Schildkröten legen Eier

Schildkrötenbabys schlüpfen

Interessant

von Maurice

Mein Haustier

Chamäleon

Grüne Haut

Es frisst Heimchen

Es kann gut klettern

Ich finde sie sehr interessant

Sie leben im Regenwald

Oder im Terrarium

Wechseln Farben

Bunt

von Jan

—+—–+—–+—–+—–+—–+—–+—–+—–+—–+—–+—–+—

Jahreszeiten

Frühling

Blumen wachsen

Bald ist Sommer

Frühling, Sommer, Herbst, Winter

Ich mag alle vier Jahreszeiten

Sie sind sehr wichtig

Jahreszeiten sind toll

Drei Monate

Herrlich

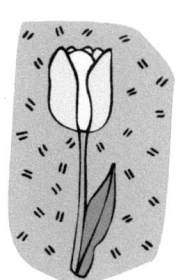

von Mandy

35

Der Schneemann

Winter

Die Kälte

Es fällt Schnee

Schnee wohin man sieht

Ich baue einen tollen Schneemann

Der Schneemann friert nicht

Er steht still

Kein Tauwetter

Eisig

von Lendita

Im Winter

Schnee

Es schneit

Alles ist weiß

Schneemänner brauchen viel Schnee

Ich baue einen dicken Schneemann

Meine Hände sind kalt

Nach Hause gehen

Warmes Kaminfeuer

Kuschelig

von Emanuel

Ein Wintertag

Winter

Cooler Schneemann

Kopf und Augen

Mit einer langen Nase

Ich mache noch Arme dran

Da kommt ein Junge

Zerstört den Schneemann

Bin traurig

Kaputt

von Daniel

+--+--+--+--+--+--+--+--+--+--+

Schlittenfahrt

Schlitten

Der Berg

Bedeckt mit Schnee

Viele Kinder ziehen Schlitten

Ich fahre den Berg hinunter

Lachen, Kreischen, Huckel, Sturz

Gesicht im Schnee

Alle lachen

Toll

von Christina

Sommer

Spiele

Die Kinder

Es ist heiß

Der Sommer ist toll

Ich habe Spaß im Sommer

Es ist so toll

Die Kinder spielen

Im Schwimmbad

Warm

von Alina

Sommerzeit

Sommer

Und Ferien

Die Sonne scheint

Wir gehen ins Schwimmbad

Das Schwimmen macht uns Spaß

Schwimmen, duschen und anziehen

Ab nach Hause

Wir rennen

Hungrig

von Jasmina

Mein Lieblingsspieler

Asamoah

Guter Spieler

Er spielt Stürmer

Er stürmt zum Tor

Ich bewundere Asamoah im Stadion

Veltins Arena in Gelsenkirchen

Die Zuschauer jubeln

Der Beste

Super

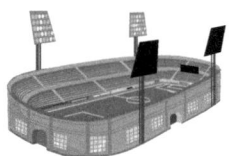

von Labinot

Pausen-Fußball

Schulhof

Viele Kinder

Wir spielen gut

2b ist unser Gegner

Ich bin ein guter Spieler

Die anderen Kinder schauen

Eine gute Mannschaft

Ein Tor

Siegreich

von Frederik

Ein Fußballspiel

Fußball

Das Spiel

Bremen ist gut

Wer schießt ein Tor

Ich drücke fest die Daumen

Die Fans singen Lieder

Endlich ein Tor

Alle jubeln

Gewonnen

von Rouven

S 04

Stadion

Viele Zuschauer

Das Spiel beginnt

Alle warten auf Tore

Ich bin unser bester Torwart

Spieler stürmen aufs Tor

Ich halte Bälle

Alle jubeln

Tor

von Maximilian

Schalke 04

Lincoln

Der Stürmer

Spielt im Mittelfeld

Lincoln ist sehr gut

Ich bewundere ihn im Stadion

Veltins Arena in Gelsenkirchen

Anfeuern, jubeln, klatschen

Tore schießen

Toll

von Ariyan

–◆– —◆– —◆– —◆– —◆– —◆– —◆– —◆– —◆– —◆– —◆–

Das beste Fußballteam

Tor

Ein Tor

Tor von Patrick

Das ist unser Torjäger

Ich bin der Torschützenkönig der Liga

Die 2a ist unbesiegbar

2a ist Meister

Und gewinnt

Unbesiegbar

von Patrick

Der beste Torwart

Buffon

Klasse Torwart

Er ist Italiener

Buffon spielt bei Juventus

Ich finde den Torwart gut

Er ist der Beste

Er hält Bälle

Blaues Trikot

Super

von David

Die tollen Fußballstars

Fußballstars

Toller Fußball

Stars kämpfen gegeneinander

Spieler schießen viele Tore

Ich stürme über das Fußballfeld

Im Stadion sind Tausende

Alle Zuschauer jubeln

Zu Ende

Schluss

von Cedric

Die Klasse 2b

schreibt europäische

Gedichtformen

Der Limerick aus Irland

Das Elfchen aus den Niederlanden

Das Akrostichon aus Griechenland

Das Avenida aus Spanien

Das Rondell aus Frankreich

 Poema  Poème  ποίημα 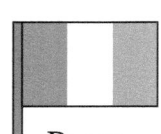 Poem  Gedicht

Mein Limerick

Manchmal besucht mich ein kleiner Hund,

dem stecke ich dann Käse und Wurst in seinen Mund.

Er wickelt mich dann in seine Leinen,

und schwups habe ich einen Knoten in meinen Beinen.

Davon bekomme ich Gedächtnisschwund.

Julian

Mein Limerick

Es war einmal ein Mann am Rhein,

der hieß eigentlich Herr Main.

Er wusch sich nie die Hände

und bekritzelte gerne die Wände.

Bald bekam er den Namen: „Herr Schwein".

Leonie

 Poema  Poème  ποίημα 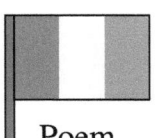 Poem  Gedicht

Mein Limerick

Es war einmal ein Mann in Rom,

der hörte auf den Namen Jerome.

Er kroch immer hinter alle Ecken

und wollte sich überall verstecken.

Schon bald nannten sie ihn Phantom.

Justin

Mein Limerick

Es war einmal ein Mann im Haus,

sein Name war Herr Klaus.

Er arbeitete oft im Garten

und hielt sich fest an seinem Spaten.

Schon bald nannten sie ihn alle Wühlmaus.

Johanna

 Poema  Poème  ποίημα  Poem  Gedicht

Mein Limerick

Es war einmal ein Mann in Rom,

es war der Fußballspieler Olaf Thon.

Er wollte sich nicht die Haare schneiden lassen,

das konnten wir alle überhaupt nicht fassen.

So nannten wir ihn einfach langhaariger Sohn.

Daniel

Mein Limerick

Es war einmal eine Frau in Oberhausen,

die hatte immer Ohrensausen.

Sie hatte große Segelohren,

und damit ist sie schon geboren.

So konnte sie im Wind losbrausen.

Anna-Lena

 Poema 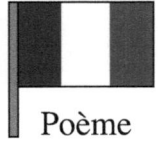 Poème  ποίημα 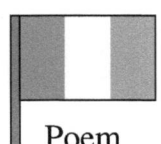 Poem  Gedicht

Mein Elfchen

duftend

die Blumen

schöne bunte Blüten

ich binde sie zusammen

Blumenstrauß   Felix

Mein Akrostichon

Pferde sind gute Freunde

Fohlen sind kleine Pferde

Erleben kann man sehr viel mit ihnen

Reiten macht mir Spaß

Decken halten die Pferde warm   Lara

 Poema   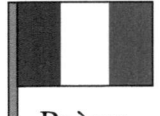 Poème    ποίημα   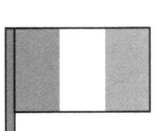 Poem    Gedicht

Mein Elfchen

grün

das Gras

hoch und tief

ich finde es weich

Sommer   Marwin

Mein Akrostichon

Frühling

Rufe der Vögel

Überall in Büschen und Bäumen

Hören des Windes

Lauschen in die Natur

Innig die Luft spüren

Neugierig sein auf das Wachsen der Tulpen

Glücksgefühle empfinden   Max

 Poema    Poème    ποίημα    Poem    Gedicht

Mein Elfchen

braun

der Hase

so weich und klein

ich schaue ihn an

Freiheit   Dominic

Mein Akrostichon

Sommer

Ohne Jacke nach draußen

Mit den Freunden Spielen

Mit dem Bruder ins Planschbecken

Eine Wurst grillen

Rad fahren ohne Ende   Marvin

 Poema    Poème    ποίημα   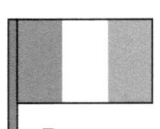 Poem    Gedicht

Mein Avenida

Elfchen

Elfchen und Limerick

Limerick

Limerick und Akrostichon

Elfchen

Elfchen und Akrostichon

Elfchen und Limerick und Akrostichon

Gedichte   Lea

Mein Avenida

Pferd

Pferd und Reiter

Reiter

Reiter und Pony

Pferd

Pferd und Pony

Pferd und Reiter und Pony

Reiterhof   Denise

 Poema  Poème  ποίημα  Poem  Gedicht

Mein Avenida

Auto

Auto und Motor

Motor

Motor und Reifen

Auto

Auto und Reifen

Auto und Motor und Reifen

Michael Schumacher   Julian

Mein Avenida

Popcorn

Popcorn und Film

Film

Film und Sitze

Popcorn

Popcorn und Sitze

Popcorn und Film und Sitze

Kino   Sven

 Poema  Poème  ποίημα 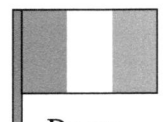 Poem  Gedicht

Mein Avenida

Sand

Sand und Wasser

Wasser

Wasser und Palmen

Sand und Palmen

Sand und Wasser und Palmen

Insel   Elvina

Mein Avenida

Schultasche

Schultasche und Etui

Etui

Etui und Heft

Schultasche

Schultasche und Heft

Schultasche und Etui und Heft

Klassenzimmer   Robin

Poema   Poème   ποίημα   Poem   Gedicht

Mein Rondell

Es ist Winter.

Die Bäume sind kahl.

Dann fällt Schnee.

Es ist Winter.

Ich baue einen Schneemann.

Ich genieße den Schnee.

Es ist Winter.

Die Bäume sind kahl.

Alara

Mein Rondell

Es ist Frühling.

Die Blätter werden grün.

Die Vögel zwitschern.

Es ist Frühling.

Die Blumen blühen.

Die Sonne scheint.

Es ist Frühling.

Elena

 Poema 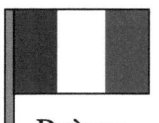 Poème  ποίημα 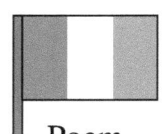 Poem  Gedicht

Ägypten - Ägypten - Ägypten - Ägypten - Ägypten

Wir – die Klasse 3a – haben am Anfang des Schuljahres im Religionsunterricht über die ‚Moses-Geschichte' und dabei natürlich auch über Ägypten gesprochen.

Viele von uns wollten aber noch mehr über dieses Land wissen, und so haben wir uns als nächstes Thema im Sachunterricht das Thema ‚Ägypten' gewünscht.

Einige Kinder brachten Bücher von zu Hause mit, in denen wir viele interessante Informationen über das alte Ägypten finden konnten.

Gemeinsam haben wir uns dann Themen überlegt, an denen wir in Gruppen arbeiten wollten:

- Wie die alten Ägypter lebten
- Der Nil
- Kindheit und Schule
- Schrift und Schreiben
- Berufe
- Pharaonen
- Mumien
- Pyramiden
- Götter

Gleichzeitig hat unsere Lehrerin für jedes Kind Arbeitsblätter [1] als Buch zusammengeheftet, in dem wir selbstständig arbeiten konnten. Unsere Lösungen haben wir dann mit einem Lösungsheft kontrolliert.

[1] aus: Ursula Lassert, Die Menschen damals / Bei den Ägyptern (Auer Verlag)

Wie die alten Ägypter lebten

- Die Häuser waren aus Lehm, meistens hatten sie 3 Zimmer. Sie waren schmal und eng. Die reichen Ägypter hatten Villen und die hatten oft bis zu 70 Räumen.
- Die Häuser hatten ganz kleine Fenster,  damit es kühl blieb. Die Ägypter kannten auch keine Schränke.
- Die Kleider bestanden meistens aus Leinen. Schaf- und Baumwolle waren das Symbol der Reinheit. Die meisten Frauen trugen glatte, lange Tuniken, die mit Trägern gehalten wurden und bis zu den Knöcheln gingen. Die Männer trugen einen Lendenschutz, der vorne verknotet wurde.
- Jeder Ägypter trug Schmuck, zum Beispiel Stirnbänder, Oberarmreifen, Amulette, Ohrhänger, Ringe, Armreifen, Halsbänder und Kronen, angefertigt aus Perlen, Knochen, Eierschalen, Elfenbein, Tierzähnen, Muscheln, Kupfer, Gold, Stein, Silber, Halbedelsteinen, Bronze, Glas und Keramik.
- Das Festessen war Gänsebraten. Das Wichtigste zum Essen war Brot und Bier.
  Die Ägypter aßen mit den Händen und säuberten sie in Wasserschalen.
- Die Katzen waren in Ägypten heilig. Niemals durfte einer Katze wehgetan werden. Die Ägypter hatten auch Haustiere wie Ziegen, Rinder, Schafe, Schweine und Geflügel.

Lena und Lukas

Der Nil

Die Länge des Nil beträgt 6670 km. Er fließt durch die Länder Uganda, Sudan und Ägypten. Die Quelle vom Nil ist der Viktoriasee in Uganda in 200 m Höhe. Die Zuflüsse sind der Blaue Nil, der Atbara und der Sobat. Auf Ägyptisch heißt der Nil ‚Hapi'.

Es war wichtig, den Wasserstand des Nils zu kennen, um zu überleben und nicht im Hochwasser zu ertrinken. Die Wasserhöhe wurde mit dem Nilometer gemessen. Aufzeichnungen mit dem Nilometer gibt es seit 2748 vor Christus.

Das Nilometer ist eine Pegelsäule.

Das Land am Nil entstand vor Jahrtausenden als eine der ersten Hochkulturen der Menschheit. Der Nil war wichtig für die Menschen des Landes, aus ihm schöpfte das Land seinen Reichtum. Der Nilschlamm wurde als Dünger für die Felder benutzt.

Der Nil hat in jedem Jahr am 21. Juni 100 Tage Hochwasser.

Obwohl nur ein dünner Streifen fruchtbar ist und der Rest Wüste, wollten die Nachbarländer das Land Ägypten erobern.

Im 20. Jahrhundert hat sich die Landwirtschaft geändert. Der Fluss war nun gebändigt und es gab nicht mehr so viele Überschwemmungen. Der fruchtbare Nilschlamm aber fehlt als Dünger für die Felder.

Paula, Jacqueline und Malte

Kindheit und Schule

In den ersten vier Lebensjahren durften die Kinder nur spielen.

Danach mussten sie auf dem Feld arbeiten und die Eltern brachten ihnen nach und nach noch andere wichtige Kenntnisse bei.

Die Kinder spielten Bogen schießen.

Sie hatten Puppen aus Stoff und Spielzeug aus Holz.

 Die Puppen hatten schon bewegliche Arme und Beine. Außerdem kannten die ägyptischen Kinder auch schon Hampelmänner.

Am meisten spielten sie mit Bällen und Kreiseln oder Tauziehen und rangen. In der Schule machten sie Turnübungen und sie spielten beim Sport ‚Senet'.

Sie spielten außerdem mit Würfeln oder das „Schlangenspiel".

Spielzeug für die Kinder waren aber auch Katzen, Vögel und Hunde.

Die Kinder hatten aber auch Pflichten: Sie mussten einkaufen.

Die erwachsenen Damen spielten das „Knöchelspiel".

Die Kinder aus reichen Familien kamen mit 5 Jahren in die Schule. Dort lernten sie Lesen, Schreiben, Geographie, Kunst, Literatur, Sport und Mathematik. Der Unterricht dauerte den halben Tag. Die Lehrer bestraften Ungehorsam mit Schlägen. Meistens dauerte der Schulbesuch 10 Jahre.

Birte und Sarah

Schrift und Schreiben

Die alten Ägypter hatten schon Schriftzeichen. Diese ägyptischen Zeichen hießen Hieroglyphen.

Die Hieroglyphen waren fast überall, zum Beispiel an Wänden, Gräbern und Pyramiden. Bei Ausgrabungen hat man sie entdeckt.

Die alten Ägypter hatten Pinsel und Griffel zum Schreiben. Sie schrieben meistens auf Papyrus. Sie schrieben mit getrocknetem Blut.

Line-Lotte, Marcel und Pascal

Berufe

Die alten Ägypter hatten natürlich auch verschiedene Berufe. Sie arbeiteten jeden Tag.

Sie waren Pharao, Wesir, Gaufürsten, Priester, Schreiber, Beamte, Jäger, Händler, Fischer und Bauern.

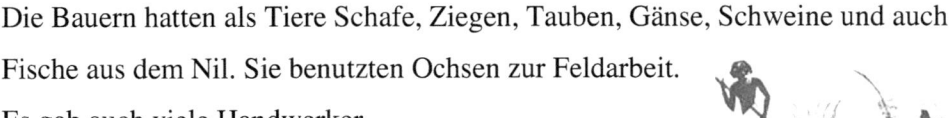

Die Bauern hatten als Tiere Schafe, Ziegen, Tauben, Gänse, Schweine und auch Fische aus dem Nil. Sie benutzten Ochsen zur Feldarbeit.

Es gab auch viele Handwerker.

Felix und Jost

Pharaonen

- Der Pharao lebte im alten Ägypten und regierte dort das Land. Ägypten war ein großes Land.

  Der Pharao war ein reicher Mann und hat viele Millionen verdient.

  Er war mächtig und hatte große Schätze.

  Er bedeutete für seine Untertanen viel.

- Die Israeliten wurden von den Pharaonen als Sklaven benutzt.

  Der Pharao und seine Aufseher sorgten für Ordnung und Sauberkeit.

- Die Sklaven mussten den Pharao durch das Land Ägypten tragen.

  Es gab wenig Wasser in Ägypten und es war es sehr heiß. Das war hart für die Sklaven, denn sie bekamen wenig zu trinken und wurden geschlagen.

  Die Sklaven mussten auch Pyramiden bauen und dabei schwere Lasten tragen.

- Die Ägypter dachten, der Pharao wäre ein Gott.

- Die toten Pharaonen kann man jetzt im Museum als Mumien sehen.

- Eine berühmte Pharaonin hieß Kleopatra.

  Sie war die Herrscherin im Land Ägypten und war auch sehr reich.

Svenja, Dominik und Kevin

Mumien

Wenn im alten Ägypten ein Mensch tot war, wickelten zwei Leute den toten Menschen ein.

Danach legten sie eine Totenmaske über den toten Menschen und legten ihn in eine Holzkammer.

Die Menschen waren früher kleiner. Das sieht man an den Mumien, die man gefunden hat. Die Mumien wurden nicht immer in Pyramiden gelegt. Der Pyramidenbau war nämlich für die Ägypter ziemlich anstrengend. Deshalb haben die Ägypter die Mumien oft in Höhlen gebracht. Nur die mumifizierten Pharaonen wurden in Pyramiden begraben. Das Gehirn wurde heraus genommen. Die Grabbeilagen waren ganz kostbar.

Die alten Ägypter glaubten, dass in jedem Menschen bei seiner Geburt drei Seelen, ‚Kam', ‚Ba' und ‚Ach' genannt, einzogen, die jedem einzelnen die Kraft zum Leben verliehen. Man glaubte, das ‚Kam' war der Geist und das ‚Ach' die Unsterblichkeit. Das ‚Ba' war der Charakter. Das alles sollte weiterleben in den Menschen, wenn sie tot waren.

Valentina, Marvin und Niklas

Pyramiden

Die Pyramiden wurden mit riesigen Steinblöcken gebaut.

Die Steinblöcke wogen über 500 kg.

Die Pyramiden wurden als Gräber für die Pharaonen gebaut.

Der Bau der Cheopspyramide war sehr mühsam und schwer, die Cheopspyramide ist 146 m hoch (so hoch wie ein Wolkenkratzer). Mit dem Abbruch der provisorischen Rampe war die Stätte des ewigen Lebens für den Pharao vollendet.

Über zwei Millionen Steinblöcke wurden für den Bau verwendet. Nach der Fertigstellung ruhte der heilige Leichnam des Pharao nun völlig beschützt in dem von Menschen erbauten Berg.

Benjamin, Dennis und Claas

Götter

Die Ägypter glaubten an viele Götter.

Hier sind einige Götternamen: Amun, Mut, Month, Anubis, Bastet, Maat, Horus, Thoth, Isis, Chons, Satis, Chnum, Anukis und Hothor.

Maat war die wichtigste Göttin unter allen Göttinnen. Amun war der wichtigste Gott.

Aton Isis Osiris Horus Anubis Hathor Ra

Annubis war der Gott der Einbalsamierung.
Osiris war der Gott der Toten und Isis war
seine Frau. Aton war der Schöpfer der Welt.

Die Ägypter beteten den Sonnengott Ra an und stellten ihn in ihren Zeichnungen als Mensch mit Falkenkopf und der Sonnenscheibe darüber dar.

Die Pharaonen sahen sich als Söhne des Sonnengottes.

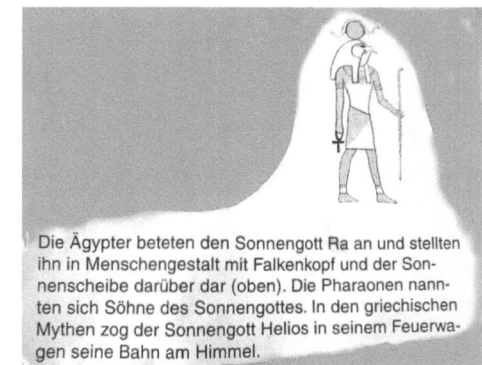

Die Ägypter beteten den Sonnengott Ra an und stellten ihn in Menschengestalt mit Falkenkopf und der Sonnenscheibe darüber dar (oben). Die Pharaonen nannten sich Söhne des Sonnengottes. In den griechischen Mythen zog der Sonnengott Helios in seinem Feuerwagen seine Bahn am Himmel.

Alina, Rebecca und Maximilian

Unser Patenkind im Sudan

Als wir im 2. Schuljahr waren, bekamen wir ein Patenkind in Afrika. Eine Mutter aus der Parallelklasse und unsere Lehrerin vermittelten mit Hilfe der Organisation Plan International eine Brieffreundschaft mit einem Mädchen im Sudan.

Im Unterricht haben wir etwas über das Land und natürlich unser Patenkind erfahren.

Der Sudan

Der Sudan ist ein Land und liegt im Nordosten von Afrika. Es ist das größte Land in Afrika, hat aber nur rund 29 Millionen Einwohner. Unser Land – Deutschland – ist viel, viel kleiner, hat aber über 80 Millionen Einwohner.

Der Sudan ist ein sehr heißes Land. Im Sommer liegen die höchsten Temperaturen bei 43°C. Bei uns nennen wir es schon sehr warm, wenn die Temperaturen im Sommer auf 30°C steigen.

Im Winter, wenn es bei uns frostig ist und manchmal Schnee fällt, ist

es im Sudan im Norden immer noch 16°C warm, im Süden sogar 29°C.

Die Landschaft im Sudan sieht ganz anders als bei uns aus. Es gibt große Steppen, bergige Gebiete und Wüstenlandschaften.

Der größte Fluss im Sudan ist der Nil, der nach Ägypten fließt. An den Ufern des Nils ist die Landschaft grün und fruchtbar.

Im Sudan werden 115 unterschiedliche Sprachen gesprochen. Die Hauptsprache aber ist arabisch.

Unser Patenkind

Unser Patenkind ist ein Mädchen und heißt Marwa Addriss Mohamad. Sie ist am 01.01.1996 geboren. Sie lebt im Sudan in einem kleinen Dort mit Namen Goz Elhamar. Das Dorf ist so klein, dass es auf keiner Landkarte zu finden ist.

Marwa lebt mit ihrer Familie zusammen. Der Vater heißt Addriss. Er ist 40 Jahre alt und arbeitet als Bauer. Ihre Mutter heißt Fatima. Sie ist 33 Jahre alt und versorgt als Hausfrau die Familie. Marwa hat 2 Brüder. Der jüngere heißt Musab und ist 10 Jahre alt, der ältere, Mahamoud, ist 12 Jahre alt.

Spiel und Ernst

Marwa selbst ist ein unternehmungslustiges kleines Mädchen. Ihre Lieblingsspielzeuge sind kleine Autos und eine besondere Knetmasse, aus der sie Figuren und Modelle formt. Außerdem spielt sie gerne Spiele, die man mit anderen Kindern auf der Straße spielen kann. Aber Marwa hat nicht viel Zeit zu spielen. Sie muss bei der täglichen Hausarbeit mithelfen. Ihre Aufgabe ist es, die Haustiere zu versorgen und für die Eltern kleine Botengänge zu machen.

In der Schule

Marva besucht die 2. Klasse der Grundschule. Sie ist eine gute, fleißige Schülerin. Sie ist ein kluges Mädchen und bemüht sich sehr in der Schule, denn sie möchte einmal Architektin werden.

Ihr Tag beginnt sehr früh. Sie muss zu Fuß zur Schule gehen und der Schulweg dauert fast 30 Minuten, denn die Schule liegt anscheinend in einem anderen Dorf. Sie geht immer zusammen mit ihren Freunden Samia und Awad und sie reden über alle möglichen Erlebnisse, sodass die Zeit schnell vergeht. Marwa ist aber auch froh, wenn sie die Schule erreicht hat. Sie freut sich besonders auf die Mathematikstunde, denn das ist ihr Lieblingsfach.

Marwas Sprache

Marwa und ihre Freunde sprechen arabisch. Auch in Marwas Schule wird arabisch gesprochen und geschrieben.

Deswegen kann Marwa einen Brief noch nicht selbst schreiben, denn die „Briefsprache" ist englisch. Der Patenbetreuer Tayrab Ahmed, der auch in dem Dorf lebt und englisch spricht, ist Marwa behilflich und übersetzt alles, was Marwa uns mitteilen will, ins Englische.

Marwas Zuhause

Marwa lebt mit ihrer Familie in einem kleinen Ziegelhaus mit Strohdach. Das Haus ist in einem schlechten Zustand. Es gibt keine eigene Toilette und kein fließendes Wasser, keinen elektrischen Strom. Marwas Familie bekommt ihr Trinkwasser in der Regenzeit aus einem Regenauffangbecken, in der Trockenzeit aus einem öffentlichen Brunnen. Beides liegt etwa 1 Kilometer entfernt. Das ist so, als müsste

man von der Johannesschule bis zum Hagebaumarkt gehen um Wasser zu holen. Das Wasser ist auch nicht immer sauber. Deshalb kann es schnell passieren, dass sich besonders Kinder durch schmutziges Wasser und mangelnde Hygiene schlimme, lebensgefährliche Krankheiten holen wie ganz starker Durchfall und Cholera.

Zum Glück ist Marwa im Moment gesund. Wenn sie krank würde, müssten ihre Eltern sie zur nächsten Krankenstation bringen. Wenn jemand ganz schwer krank ist, kommt er in das nächste Krankenhaus. Das liegt aber 2 Stunden entfernt.

Das ist Marwa.

Das sind Marva und Musab.

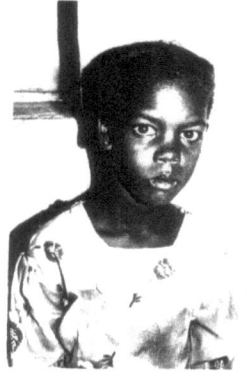

Auf dem Foto sieht Marwa sehr ernst aus. Aber das ist im Sudan so. Ein Foto zu machen ist dort eine erste Angelegenheit und sie versuchen auf den Bildern sehr würdig auszusehen, im Gegensatz zu uns, die wir auf Fotos meist lächeln.

Freizeit in einem Dorf im Sudan

Marwas Familie ist sehr arm und muss jeden Tag aufs Neue ums Überleben kämpfen.

Aber sie sind trotzdem glücklich, denn die Familien in Goz Elhamar sind untereinander befreundet. In ihrer Freizeit besuchen sie einander, erzählen sich Geschichten und hören gemeinsam Radio, das mit Batterie betrieben wird. Mit Freunden und Nachbarn rund um das kleine Radio sitzen und Nachrichten und Musik hören, ist eines der größten Vergnügen im harten Leben dieser sudanesischen Leute.

Unser Briefwechsel

Der Weg in den Sudan ist sehr weit und es dauert lange, bis unser Brief dort ankommt. Wenn Marwa uns schreibt, dauert es wieder viele Wochen, bis

der Brief bei uns ankommt. Wir müssen also sehr geduldig sein.

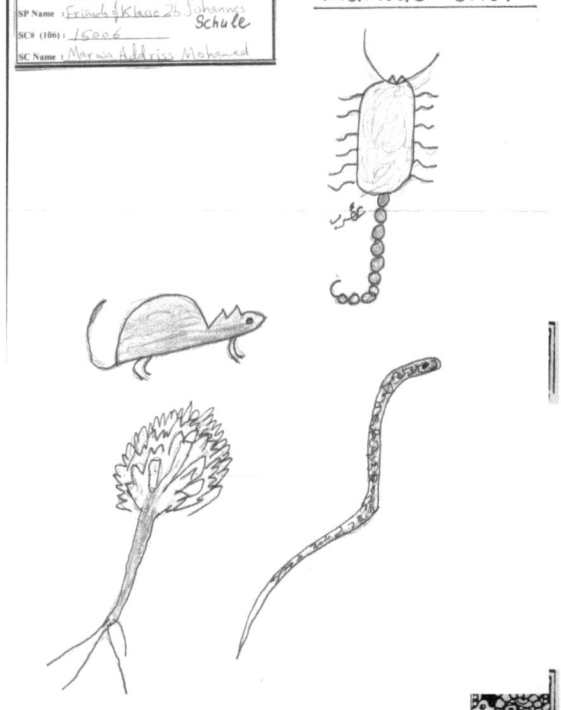

Inzwischen sind wir im dritten Schuljahr und haben bisher auf unsere Briefe nur diese gemalte Antwort von Marwa bekommen.

Wir haben uns überlegt, was wir Marwa gerne schicken würden, wenn das Schicken von Päckchen möglich wäre.

Mein Geschenk für Marwa

Ich würde Marwa gerne einen Baukasten schicken, mit Plastikwerkzeug zum Bauen. Marwa will gerne Architektin werden. So kann sie mit dem Baukasten und dem Werkzeug spielen und vielleicht auch etwas bauen.

Matthias

Ich möchte Marwa ein Etui mit Stiften, Radiergummi und Lineal schenken. Ich will ihr das Etui schenken, weil sie kein Etui hat. Das Etui kann sie in der Schule gebrauchen.

Merwe

Was wir Marwa über uns erzählen

Ich heiße Sven, bin 9 Jahre alt und gehe in die dritte Klasse. Eigentlich mag ich alle meine Schulfächer, aber Englisch zu lernen ist im Moment am schönsten. Am liebsten spiele ich Polizei und nehme Diebe fest.

Sven

Ich heiße Tristan. Meine Lieblingsspiele sind: Fußball, Game-Boy und Playstation. Meine Freunde Maurice, Luca, Lucas, Hendrik, Kay, Maxim und Richard gehen alle in meine Klasse.

Tristan

Ich heiße Maurice, bin 9 Jahre alt, 1,35m groß und habe blonde Haare. Mein Lieblingsfach ist Mathematik, genau wie deins. Sport mache ich auch gerne. Am liebsten spiele ich mit meinen Freunden Fußball. Ich wünsche dir und deiner Familie viel Glück.

Maurice

Ich bin Gerrit und finde, dass unsere Klasse mit 10 Mädchen und 16 Jungen ziemlich groß ist. Meine Lieblingsbeschäftigung ist das Malen. Alle sagen, dass ich das besonders gut kann.

Gerrit

Auf den Spuren der Saurier

Da das Thema Saurier viele Kinder aus unserer Klasse besonders interessiert, haben wir uns entschieden, ein eigenes Saurierbuch zu schreiben. Einiges von dem, was wir herausgefunden haben, kann man hier lesen.

 ## Welche Saurier gab es?

Vor sehr langer Zeit lebten die Saurier auf der Erde. Es gab drei Arten von Sauriern, Flugsaurier, Meeressaurier und Dinosaurier. Der Flugsaurier war ein sehr guter Flieger. Er konnte einen Fisch direkt aus dem Flug schnappen.

Die Dinosaurier beherrschten das Land. Sie waren die mächtigsten der drei Saurierarten.

Meeressaurier waren die größten aller Saurier. Sie schossen pfeilschnell durch das Wasser und schnappten ihre Beute sofort.

Die meisten Saurier waren Pflanzenfresser oder Fleischfresser. Es gab auch ein paar Allesfresser und Eierfresser.

Die Zähne der Pflanzenfresser waren stumpf. So konnten sie Pflanzen mit den Zähnen zermahlen. Fleischfresser hatten spitze Zähne, um Fleisch zu fressen.

Manuel

 ## Wann lebten die Saurier?

Die Saurier lebten vor fast unvorstellbar langer Zeit. Diese Zeit wird Erdmittelalter oder Mesozoikum genannt. Das Erdmittelalter begann mit der Zeit die Trias heißt, sie begann vor 248 Millionen Jahren und endete vor 208 Millionen Jahren. Die ersten Saurier lebten vor 225 Millionen Jahren auf der Erde. In der Triaszeit lebten fast nur Dinosaurier, zum Beispiel Langhälse oder der Plateosaurus.

Als diese Zeit vorüber war begann die Jurazeit. Sie begann vor 208 Millionen Jahren und endete vor 157 Millionen Jahren. In dieser Zeit lebten Dinosaurier, Flugsaurier und Meeressaurier.

Danach kam die Kreidezeit. Vor 156 Millionen Jahren begann sie und endete vor 65 Millionen Jahren. In dieser Zeit lebte zum Beispiel der Tyrannosaurus rex. In der Kreidezeit starben die Saurier aus.

Johannes und Richard

 ## Woher wissen wir, dass es Saurier gab?

Wenn Tiere sterben, verwesen ihre Körper. Ihre Knochen bleiben manchmal im Stein erhalten. Man nennt diese Versteinerungen Fossilien. Wissenschaftler, die Paläontologen heißen, graben nach solchen Fossilien. Die Knochen werden in Gesteinsbrocken ins Labor gebracht. Dort werden sie untersucht und werden zu ganzen Skeletten zusammen gebaut. Im Museum kann man ganze Skelette von Sauriern sehen.

Sebastian und Hendrik

 ## Unsere Expertenarbeiten über verschiedene Saurier

Der Allosaurus

Der Allosaurus lebte vor 160 Millionen Jahren. Der Allosaurus wurde 4,60m groß und von der Schnauze bis zum Schwanzende 12 Meter lang. Er war ungefähr ein bis zwei Tonnen schwer. Der Allosaurus war ein Fleischfresser. Seine Krallen und seine scharfen Zähne waren sehr gefährlich. Er jagte mit anderen Allosauriern, da er sehr schwer und nicht so schnell war.

von Kathrin und Fabian

Der Triceratops

Der Triceratops war 9 Meter lang und 10 Tonnen schwer. Das ist so schwer wie eine mittelgroße Dampfwalze. Alle Triceratops lebten vor ungefähr vor 68 Millionen Jahren. Das war am Ende der Kreidezeit. Triceratops heißt übersetzt „Dreihorngesicht" Der Triceratops drängte, wenn er kämpfte seine Gegner entweder mit seinen 1 Meter langen Hörnern oder mit dem Kopf weg. Er hatte ein Nackenschild, das konnte über 2 Meter lang werden. Durch seine breiten Füße stand er immer sicher auf dem Boden. Die Triceratops lebten in Herden und waren Pflanzenfresser.

von Darius und Hendrik

Der Deinonychus

Der Deinonychus lebte vor 140 bis 97 Millionen Jahren. Er war 3 Meter lang, fast 2 Meter hoch und wog etwas weniger als 70 kg. Der Deinonychus hatte eine 13 cm lange, gebogene Kralle an seinen Füßen. Mit dieser Kralle tötete er seine Beute. Er konnte äußerst schnell rennen. Er hatte kurze Arme mit jeweils drei Fingern. Sie lebten in der Kreidezeit und waren so intelligent, dass sie vermutlich in Rudeln jagten. Der Deinonychus war der gefährlichste Jäger seiner Zeit.

von Maxim und Kay

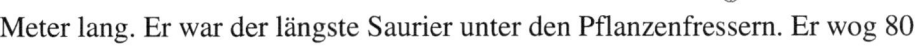

Der Brachiosaurus

Der Brachiosaurus lebte vor 140000000 Jahren. Ein Brachiosaurus war 22 bis30 Meter lang. Er war der längste Saurier unter den Pflanzenfressern. Er wog 80

Tonnen, das ist 12-mal so viel wie ein Afrikanischer Elefant wiegt! Dieser Saurier war ein friedlicher Pflanzenfresser. Der Brachiosaurus hatte 4 Beine. Er heißt auch „Armechse", weil die Vorderbeine länger als die Hinterbeine waren. Die Nasenlöcher waren über den Augen, deshalb glaubte man, dass er im Wasser gelebt hat. Er lebte aber auf dem Land.

von Svenja und Johannes

Das Pteranodon

Der Pteranodon lebte ungefähr vor 65 Millionen Jahren. Die Flügel des Pteranodon wurden ungefähr 7 Meter lang und waren glatt. Sie hatten Krallen an den Flügeln. E wog 17 kg. Er fraß Fische und konnte Fische aus der Luft fangen. Er hatte einen langen Kamm am Hinterkopf, weil er für das Fliegen wichtig war. Er schlief so wie eine Fledermaus.

von Lisa und Joelyn

Der Plesiosaurus

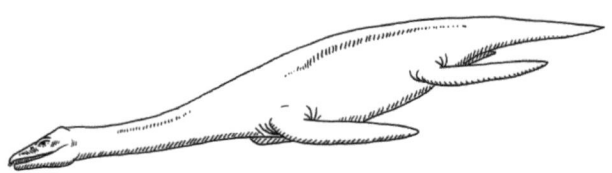

Der Plesiosaurus lebte vor ungefähr 175 Millionen Jahren. Das Reptil war 2,50 Meter lang. Mit den paddelähnlichen Flossen kam er durch Auf- und Abbewegungen vorwärts. Sein langer Hals war sehr beweglich. Er ernährte sich von Fischen, die er mit seinen scharfen Zähnen schnappte und verschlang. Das Weibchen musste bei der Eiablage an Land. Wenn die Kinder geboren waren, sind sie wieder ins Wasser gegangen.

von Luca und Lucas

 ## Warum sind die Saurier ausgestorben?

Die Saurier sind vor etwa 65 Millionen Jahren ausgestorben. Anscheinend

ist ein Asteroid aus dem Weltraum auf die Erde gefallen. Sand und Staub sind in die Luft gewirbelt worden und die Sonne konnte nicht mehr richtig durch die dreckige Luft scheinen. Da es kühler und dunkler wurde, konnten Pflanzen nicht mehr richtig wachsen und gingen ein. Die Pflanzenfresser konnten kaum mehr Futter finden. Pflanzenfresser starben plötzlich aus, da es kein Futter mehr gab. Die Fleischfresser konnten so keine Beute mehr finden. Und so starben anschießend auch sie aus. Viele Wissenschaftler und auch wir glauben, dass die Saurier so ausgestorben sind.
Luisa, Svenja und Alexandra

Tipp: So kann man leicht einen Saurier selbst zeichnen

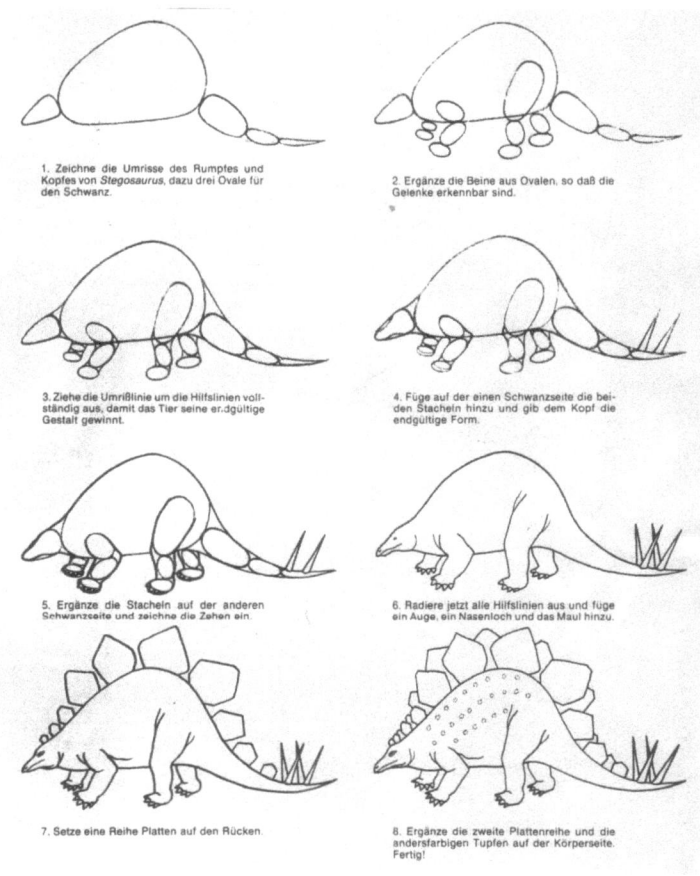

1. Zeichne die Umrisse des Rumpfes und Kopfes von *Stegosaurus*, dazu drei Ovale für den Schwanz.

2. Ergänze die Beine aus Ovalen, so daß die Gelenke erkennbar sind.

3. Ziehe die Umrißlinie um die Hilfslinien vollständig aus, damit das Tier seine er.dgültige Gestalt gewinnt.

4. Füge auf der einen Schwanzseite die beiden Stacheln hinzu und gib dem Kopf die endgültige Form.

5. Ergänze die Stacheln auf der anderen Schwanzseite und zeichne die Zehen ein.

6. Radiere jetzt alle Hilfslinien aus und füge ein Auge, ein Nasenloch und das Maul hinzu.

7. Setze eine Reihe Platten auf den Rücken.

8. Ergänze die zweite Plattenreihe und die andersfarbigen Tupfen auf der Körperseite. Fertig!

Lass die Zeichnung viel erzählen

In einer Kunstreihe war die „Kunst" nur mit einem schwarzen Filzstift auszukommen. Wir haben ausprobiert, dass aus Linien Flächen entstehen können, die noch spannender aussehen, wenn man unterschiedliche Muster hineinzeichnet und manche Stellen weiß lässt und andere dunkler ausmalt. Auf diese Weise kann eine Zeichnung viel über sich erzählen, wie man auf unseren Bildern sieht.

von Katharina   von Sara

von Kristina

Unsere Klassenfahrt

ins

Jugendwaldheim Ringelstein

von der Klasse 4a

Jäger

Wild

Hochsitz

Rinde

Igel

Nagetier

Greifvogel

Eichhörnchen

Luchs

Steinmarder

Tiere

Esel

Iltis

Nest

Seit etlichen Jahren fährt in jedem Schuljahr eine 4. Klasse der Johannesschule für 5 Tage ins JWH Ringelstein.

Am Montag, dem 28.11.05, war es für die Klasse 4a endlich so weit. Um kurz nach 8 Uhr stand der Bus bereit zum Beladen und die Fahrt in den Bürener Staatsforst konnte beginnen.

Die Kinder hatten sich im Sachunterricht beim Thema „Wald" gut vorbereitet, Knabberzeug in Gruppen selbst eingekauft und die Betten in den Zwei- und Dreibettzimmern verteilt. Die Regeln des Waldheims waren bekannt und durch ihre Unterschrift hatten alle versprochen, diese Regeln einzuhalten. (Daran hielten sich alle Kinder!!)

Nach etwa zwei Stunden war die Freude bei der Ankunft riesengroß, denn – trotz anderer Auskunft der Klassenlehrerin – hatte es in Ringelstein während der Nacht geschneit und der versprochenen Schneeballschlacht stand nichts mehr im Wege.

Jeden Morgen fand eine Stunde Unterricht beim Förster statt. Der Wald und seine Tiere, verschiedene Baumarten, die Funktionen des Waldes und die Jagd waren die Themen. Nach dem Unterricht und am Nachmittag standen verschiedene Arbeitseinsätze auf dem Programm:

Holzstapeln, Rückewege (d.h. ein Weg für Fahrzeuge, die gefällte Bäume aus dem Wald ziehen) frei räumen, einen Graben mit Holz ausfüllen, damit die Fahrzeuge ihn überqueren können,

- aber auch wandern, einen Bauernhof und ein Sägewerk besichtigen, in der
  Werkstatt ein Spiel herstellen und Waldspiele durchführen.

In der Freizeit konnten die Kinder im Haus, im nahen Wald und am Bach spielen
oder den Bolzplatz nutzen (und sich in Matschmonster verwandeln.). Natürlich
wurde auch eine Nachtwanderung durch den stockfinsteren Wald gemacht. (Einige
sind dabei fast in einen Graben gefallen.) Dabei leuchteten an einer Stelle kleine
Glühwürmchen.

Aus dem Unterricht

Das Rehwild

von Britta, Jan und Nico
Ein ausgewachsenes Reh erreicht eine Kopfrumpflänge (gemessen vom Kopf bis Boden) von 100-140 cm. Es wird bis zu 30 kg schwer. Rehe können bis zu 15 Jahre alt werden. Das männliche Reh heißt „Rehbock", „Ricke" heißt das weibliche Reh und das Kind vom Rehbock und der Ricke nennt man „Rehkitz". Das Winterfell vom Reh ist graubraun und das Sommerfell ist gelbrot. Das Rehwild hat am Hinterteil einen weißen Fleck, der Spiegel genannt wird.

Rehe paaren sich schon im Juli / August. Die Ricke bringt 1-2 Jungen im Mai oder Juni zur Welt. Sie bekommt ihr Kitz in einem „Bett", so heißt das Nest des Rehs. (Metehan und René wohnten im „Bett".)

Das Rehwild frisst junge Trieben von Bäumen, Beeren und Pilzen. Der Rehbock wirft im Herbst sein Gehörn ab. Rehe leben überall dort, wo sie Deckung finden, d.h. Wald , Gebüsch , Hecken , Getreideschläge , Mais , Schilf und Wiesen mit hohem Gras. Im Norden Deutschlands zwischen Rhein und Elbe kommen oft schwarze Rehe vor. Feinde des Rehkitz sind der Fuchs und das Wildschwein .

Der Hirsch

von Thomas, Kristina und Melisa

Der Rothirsch ist bei uns das größte Wildtier. Er kann 300 kg wiegen. Ein 5-jähriger Hirsch wiegt etwa 110 kg. Rothirsche können ca. 17-20 Jahre alt werden. Ein ausgewachsener Hirsch hat eine Körperhöhe von ungefähr 1,50 m und eine Körperlänge von 2,00 m.

Den Hirsch nennt man den König des Waldes. Der Platzhirsch ist der stärkste Hirsch in einer Gegend.

Wissenschaftler schätzen, dass 100 000 Rothirsche in Deutschland leben.

Das Geweih wiegt etwa 15 kg. Am Ende des Winters wirft der Hirsch sein Geweih ab. Im Frühling wächst dann ein neues nach. Das Geweih besteht aus Knochen.

Der Hirsch frisst Gras, Blätter, Knospen, Baumrinde, Kräuter, Früchte und Eicheln.

Im Herbst ist sein lautes Röhren zu hören. Damit will er die Hirschkuh anlocken. Wenn sich Hirsch und Kuh paaren, gibt es ein Kalb. Die Hirschkuh kann einmal im Jahr ein Kalb bekommen.

Wildschwein (Schwarzwild)

von Carolina, Lina, Patrick

Das Wildschwein ist ein Allesfresser. Am liebsten frisst es Larven, Schnecken, Eicheln, Pilze und Kartoffeln von Feldern. Mitten im Wald, wo es feucht ist und viel wächst, ist der Boden aufgewühlt, weil die Wildschweine ihn mit ihrem Rüssel aufwühlen. Meist leben sie in Misch- und Laubwälder. Sie werden 1,20-1,60 m groß. Das männliche Wildschwein heißt Keiler, das weibliche Wildschwein nennt man Bache. Die neugeborenen Wildschweine heißen Frischlinge. Die männlichen Wildschweine, die noch nicht erwachsen sind, nennt man Läufer. Wenn die Bache tragend ist, baut sie sich eine Mulde. Diese Mulde nennt man Kessel. In diesem Kessel bringt die Bache ihre Junge zur Welt.

Holz

von Metehan und Timo

Am zweiten Tag mussten wir Holz auf den Anhänger des Treckers stapeln. Anschließend fuhr der Trecker zur Werkstatt hinter dem Haus. Wir mussten hinterherlaufen.

An der Werkstatt war noch eine große Garage. Dort lagerte das Holz für die Heizung. Wir stapelten das Brennholz ordentlich an der Seite. Als wir mit der ersten Fuhre fertig waren, durften wir als Belohnung eine große Runde auf dem Anhänger fahren.

Wanderung zum Sägewerk und zur Ruine

von Elli nach Schülerberichten

Am Dienstag Nachmittag machten wir eine Wanderung zum Sägewerk und zur Ruine in Hardt.

Das Sägewerk wird durch eine Turbine angetrieben. Für die Turbine wird ein Bach von der Alme, ein Nebenfluss der Lippe, 4 Meter hoch gestaut. Mit der Turbine wird ein kleiner Generator zur Stromerzeugung betrieben und das „Gatter" bewegt. Am Gatter sind die einzelnen Sägen befestigt. Die Säge kann man von oben nach unten oder von rechts nach links verschieben. So kann der Baumstamm in verschiedene Balken gesägt werden.

Hinter dem Sägewerk geht die Straße, die zum Sägewerk führt, direkt mit einer Furt durch die Alme. (Furt ist eine flache Stelle, an der man Bäche oder Flüsse ohne

Brücke überqueren kann. Früher, als es noch kaum Brücken gab, konnte man das andere Ufer eines Flusses nur mit einem Boot oder einer Furt erreichen.) Alle Kinder, die in Gummistiefeln zum Sägewerk gelaufen waren, machten sich einen Spaß daraus, die Alme „trockenen Fußes" zu überqueren.

Anschließend musste ein ziemlicher Berg erklommen werden. Oben auf dem Berg liegt der Ort Hardt. Dies war das Ziel unserer Wanderung, weil es dort eine alte Ruine gibt, die alle Kinder erforschen konnten. Früher war dort ein Jagdschlösschen. Einige Bogenfenster und Mauern sind immer noch vorha.den und locken zu Ritterspielen.

Einige wärmten sich erst an einem Lagerfeuer auf, das dort brannte.

Kühe und Kälber

von Joann, Maureen, Mark und Nico

Am Mittwoch fuhren wir auf den Bauernhof von Herrn Schlüter.

Als wir ankamen, kuckten wir uns erstmal die Kühe an.

Dort sahen wir auch eine „Kakao- Kuh", die braune und weiße Flecken hatte, und einen großen Bullen mit einem Mega- Piercing.

Am Holzbalken entdeckten wir ein Stück Kuhfladen. Lara und Kristina kamen mit dem Arm an diesen Dreck, sie waren voller Kuhfladen.

Dann gingen wir zu den Kälber. Wir mussten die Kälber in einen anderen Stall treiben. Wir bildeten eine Kette, damit die Kälber nicht weglaufen konnten. Eins wollte durch die Stäbe von dem neuen Stall entwischen, l entwischen, aber der Hintern war zu dick. Dann liefen wir zu einem anderen Raum, wo die Kühe gemolken werden. Wer wollte, durfte sich grünen Schleim - „Aloe Vera" - auf die Hände oder Lippen schmieren . Der Schleim ist für die Zitzen der Kühe, damit sie sich nicht entzünden.

DER ESEL FRIDOLIN

von Falk, Jan, Thomas und Stefan

Auf dem Bauernhof gibt es auch einen Esel namens Fridolin.

Viele wollten auf ihm reiten. Lara wollte es als erste unbedingt, weil sie dachte, es wäre ein Pferd.

Auch Elli ritt auf Fridolin. Als Fridolin auf einmal stehen blieb, biss er Elli ins Bein. Das fand Elli gar nicht komisch. Danach fragte Elli`s Tochter: „Wer ist der Esel?" Falk antwortete: „Elli!!!"

Als Metehan ritt, führte Falk ihn und Fridolin biss ihm in den Arm.

Viele fielen herunter wie Thomas und Jan, aber die meisten blauen Flecken hatte Kristina.

Es blieben aber auch viele drauf wie Stefan.

Thomas, Stefan, Jan, Falk und viele mehr berührten einen elektrischen Zaun und bekamen einen Schlag.

Das war super!!!!!!

Babykatzen

von Lara und Melinda

Es waren auch kleine Katzen auf dem Hof. Falk und Lara fragten Elli, ob sie eine Katze mit nach Hause nehmen dürften. Ihre Eltern würden es ganz bestimmt erlauben. Herr Schlüter war begeistert und hatte schon eine Idee zum Transport. Auf seinem Bauernhof liefen so viele Katzen herum, dass er froh war, ein oder zwei junge Kätzchen abzugeben. Elli sagte: „Da rufe ich erst mal noch bei euch an."
Leider stellte sich heraus, dass beide Eltern etwas dagegen hatten.

Aber es wäre auch unfair den anderen aus der Klasse gegenüber gewesen, wenn zwei eine Katze geschenkt gekommen hätten und die anderen nicht.

Tierbehausungen

von René, Marti und Mark

Die Zimmer in Ringelstein haben Namen. Es sind die Namen von Tieren und ihren „Wohnungen". Das war der Ausgangspunkt für diesen Text.

Burg	Die Biber bauen **Burgen** aus gefällten Baumstämmen, Ästen und Schlamm.
Bau	Kaninchen graben Gänge, Tunnel und Höhlen, mit denen sie in verschiedene Räume gelangen.
	Der **Fuchsbau** ist fast immer besetzt. Der Dachs baut eine Höhle genau so wie der Fuchs.
Kobel	Das Nest vom Eichhörnchen heißt Kobel.
Horst	Greifvögel und Störche leben in einem Horst, den sie Ästen und Zweigen bauen.
	Ein **Horst** ist ein größeres Nest.
Sasse	Die **Sasse** ist das Nest vom Hasen. Es ist eine Erdmulde.
Kessel	Die geschützte Mulde, die eine Bache baut, um ihre Frischlinge zur Welt zu bringen, heißt **Kessel**.
Ameisenhaufen	Die Ameisen bauen aus Erde und Laub einen Haufen mit vielen Gängen.

GESCHICHTEN

 ## AUS DEM SCHULALLTAG

DER KLASSE 4B

Ballspielende Ballerinas

Unser Basketballtrainer heißt Jens. Wir trainieren jeden Freitag in der Sporthalle der Johannesschule. „So, jetzt spielen wir zuerst Tigerball!", ruft Jens uns zu. Wir nicken nur. Sofort werden Sarah und Svenja getroffen, aber sie behaupten immer, dass wir sie nicht getroffen hätten. Damit kommen sie meistens auch durch.

„Wir wollen jetzt Korbleger spielen!", schreien alle durcheinander. Das macht wirklich viel Spaß. Aber die Sache hat einen Haken. Wir können uns nie einigen, ob wir jetzt 10 Körbe werfen oder nur 5 Körbe. Diesmal haben wir uns für 5 Körbe entschieden. Jens wählt die Mannschaften aus. Das Spiel beginnt. Jeder jubelt und feuert jeden an. Melissa hat einen Korb geworfen. Sie ist eine richtige „Korblegermaschine".

Als das Spiel zu Ende ist, nehmen wir dieselben Mannschaften wieder für das Endspiel. Nun bekommt die eine Mannschaft das Trikot. „ Jens, das sieht aus wie ein Tütü, das die Ballerinas immer tragen!", ruft einer. Svenja schreit dazwischen: „ Aber wir sind doch keine Ballerinas, die Basketball spielen, oder?" Alle müssen lachen. Das Endspiel ist vorbei. Britta stöhnt: „Ich kann nicht mehr!"

Zum Schluss brüllen wir unseren Mannschaftsspruch. Jens schreit: „Team!" Und dann brüllen wir noch lauter: „Work!" Schnell geben wir unsere Trikots ab und gehen verschwitzt nach Hause.

von Denise und Cansu

Das Geheimnis des Waldes

An einem schönen Herbsttag hatten wir uns mit dem Förster Herrn Dieckmann-von Blankenburg zu einem Walderkundungsgang im Barloer Busch verabredet. Als wir an der verabredeten Stelle am Waldrand ankamen, war aber kein Förster zu sehen. Was war passiert? Hatte er uns vergessen? Wir gingen tiefer in den Wald hinein bis zu einer Holzhütte. Dort kletterten einige Kinder auf Baumstämme, andere suchten den Boden nach Tierspuren ab. Martha und Robin riefen: „ Kommt mal alle her, hier sind Rehspuren!" Dann liefen wir wieder zum Waldrand zurück, wo der Förster jetzt eintraf. Er hatte sich um zwanzig Minuten verspätet und entschuldigte sich.

Der Förster holte einen Baumstumpf aus dem Auto und erklärte uns, dass man an den Jahresringen das Alter eines Baumes ablesen kann und auch erkennen kann, was der Baum schon alles erlebt hat.

Danach marschierten wir weiter durch den Wald. Herr Dieckmann-von Blankenburg zeigte uns Baumsprösslinge, die eine Schulklasse eingepflanzt hatte. Er erzählte uns, dass immer wieder Bäume gefällt werden müssen, damit andere Bäume Licht bekommen. Plötzlich riefen einige Mädchen: „ Iii, da liegt eine tote Taube!" „Das war ein Habicht, der die Taube zerrissen hat!", hörten wir Herrn Dieckmann-von Blankenburg sagen. Mitten im Wald sind wir sogar durch einen Burggraben gekrochen. Der Förster zeigte uns verbrannte Äste, die Jugendliche angezündet hatten. „ Das hätte mit einem großen Waldbrand enden können!", meinte er sehr ernst. Auf einmal hüpfte ein Frosch durch die Beine des Försters. „ Wollt ihr nicht frühstücken?", fragte uns Herr Dieckmann-von Blankenburg. Schnell rannten wir zu einer Hütte, in der viele Spinnennetze hingen. Das gefiel einigen nicht so, und sie setzten sich lieber auf Baumstämme. Nach dem Frühstück machten wir von unseren Lieblingsbäumen noch Abdrücke von der Baumrinde. Wir bedankten uns beim Förster, verabschiedeten uns und gingen wieder zurück zur Schule.

von Sabrina

Der Kampf um den Sieg

Bei der Fußball- AG der Johannesschule geht `s richtig zur Sache. Sabrina ist das einzige Mädchen. Unser Trainer heißt Herr Grewer. Er ist der Hausmeister unserer Schule. Sabrina, Patrick und Timo halten die Abwehr gut zusammen. Marti und Max sind unsere beiden Torwächter, Nils, Kai und Metehan unsere Mittelfeldspieler. Jonas, Nico und Marc-Philipp sind unsere Stürmer. Wir spielen immer donnerstags. „ Macht doch mal einen rein!", schreit Herr Grewer oft. Marc-Philipp und Jonas schießen die Freistöße. Ein Spieler hat schon einmal ein Eigentor geschossen. Das fand die Mannschaft nicht so gut. Metehan und Nils gehen immer über die Flügel.

„ Flanken! Tor!" Das war super! Manchmal müssen wir lachen, wenn Marc seine Hose falsch herum angezogen hat. Beim letzten Fußballturnier haben wir den ersten Platz belegt. Das war spannend. Wir freuen uns schon jetzt auf das nächste Turnier in diesem Jahr.

von Jonas und Nils

Der verkleidete Freitag

Jedes Jahr am Freitag vor Karneval findet bei uns ein schönes Spektakel statt.

Löwen, Bären, Cowboys, Piraten, Polizisten und Schalker latschten triumphierend über den Schulhof. Auch wenn dieses Jahr nicht ganz so groß gefeiert wurde und ohne Süßigkeiten, hatte es doch Spaß gemacht.

Im Fach Deutsch spielten wir ein Pantomimenspiel mit zwei Mannschaften. Es wurden Begriffe pantomimisch dargestellt und erraten. Einige sahen dabei wirklich witzig aus, so dass wir oft lachen mussten.

Dann stand Mathe auf dem Plan. „Das ist ein Koch, der gerade Gewürze zerschneidet", meinte Frau Bülhoff, als sich alle Kinder vorstellten. „ Äh, falsch! Ich soll einen Piraten mit Säbel darstellen", verbesserte Patrick.

„Aber das ist der Sekretär vom Bürgermeister!", rief Frau Bülhof.

„Ha, ha, auch falsch! Ich bin Herr Westerhoff!", lachte Frederic, der ein Hemd seines Vaters mit Krawatte trug. So wurde weiter gerätselt, bis alle Kinder erraten waren. Dann schellte es zur Pause.

Draußen fand ein riesengroßes Durcheinander statt. Mitten zwischen Piraten, Schalkern, Cowboys und Prinzessinnen hob drohend ein Monster den Kopf. Manche Kinder stoben vor Schreck auseinander und schrien: „ Hilfe, zu Hilfe, ein Löwe!" Einer rief einem anderen zu „ Häh, was bist du denn? 'ne zermatschte Banane, oder was?" „ Nee, nee ich bin ein Cowboy!", war die Antwort. Es wurde noch über manches Kostüm gelacht, dann klingelte es. Blitzartig verschwanden alle im Gebäude. „Wir haben Sport!", riefen einige und rannten in die Turnhalle. Zuerst spielten wir Tigerball nur mit einem Hut, der weitergegeben wurde. Wer den Hut in der Hand hielt, wenn die Musik ausgestellt wurde, musste eine lustige Aufgabe lösen. Danach fand ein Dreibeinlauf statt und anschließend noch eine Luftballonstaffel, bei der ein Luftballon Bauch an Bauch oder Kopf an Kopf transportiert werden musste ohne ihn anzufassen. Wir hatten viel Spaß an diesem Morgen, und nach Schulschluss liefen wir glücklich nach Hause.

von Frederic und Patrick

So ein Schultag

Es war an einem Montagmorgen. Pünktlich um 7.55 Uhr fing der Unterricht an. Alle freuten sich schon auf die erste Stunde, denn wir hatten Sport. Dort spielten wir Fußball. Nachdem wir zwei Mannschaften gewählt hatten, kickten Nico und Co. gegen Kai's Team. Frau Fiege trillerte: „ Pff, los geht's! Kai's Team hat Anstoß!" Kai passte zu Cansu, die schoss von der Mittellinie aus das Tor. Doch Maxi zeigte einen super Reflex und fing den Ball im Flug. „ Schöne Parade!", rief Joni. Sofort ging das Spiel weiter. Nico schnappte sich den Ball an der Mittellinie, dribbelte bis in den 5-Meter Raum und zog voll ab. Nico schrie: „Tooor! Wir haben 1: 0 gewonnen!"

Erschöpft gingen wir zur Mathestunde und begannen mit Eckenrechnen. Frau Bülhoff fragte: „ Schau genau, wie viele Rechtecke und Dreiecke gibt es?" Konzentriert arbeiteten wir an der Aufgabe. Das konnte doch nicht so schwer sein!

Nach der Frühstückspause hatten wir Sachkunde bei Frau Fiege. Als sie die Klasse betrat, sagte sie: „ Unser neues Thema ist Sexualkunde." Plötzlich fing die ganze Klasse an zu lachen. Den Unterschied zwischen Mädchen und Jungen kannten wir, aber als Kai die männlichen Geschlechtsorgane nennen sollte, fing er an zu stottern. Glücklicherweise schellte es. „ Beim nächsten Mal geht's weiter", meinte unsere Lehrerin.

In der vierten Stunde ging es mit Englisch weiter. „Good morning children", begrüßte uns Frau Sprengelmeyer, „ put your activity books on your desk and read on page 22!"

Nach der zweiten großen Pause gingen einige von uns noch zur Fußball-AG. Danach fuhren wir erschöpft nach Hause und freuten uns auf ein leckeres Mittagessen.

von Nico und Kai

Die Autofahrt mit Badeerlebnis

An einem Samstag um 13.00 Uhr kamen wir mit Gummistiefeln und Regenjacken zum Autowaschplatz der Firma Tralas. Auch Eltern und Geschwister waren da, um zu helfen. Einige Tage vorher hatten wir Handzettel verteilt, die über die Autowaschaktion informierten. Der Chef der Firma Tralas spendete uns das Wasser, damit wir die Autos nass spritzen konnten. Die Autofahrer mussten nichts bezahlen, aber alle hatten etwas gespendet.

Die Aktion lief so ab: Ein Auto kam in die Waschstraße gefahren, unsere Lehrerin Frau Fiege rief: „ Wasser,  Maaarsch!" Und ein paar Kinder spritzten das Auto nass. Danach rannten wir zu den Seifeneimern und schrubbten, was das Zeug hielt. An der nächsten Station wurde die Seifenlauge wieder abgespritzt und am Ende standen einige Eltern und Kinder, die die Autos trocken rieben. Wir hatten immer viel zu tun, denn, wenn wir mit einem Auto fertig waren, sahen wir schon das nächste. Aber irgendwann kamen keine mehr und wir Mädchen gingen los, um Werbung zu machen. Wir liefen auf die Parkplätze der umliegenden Geschäfte. Oh Gott! War das peinlich! Wir standen vor einem riesigen Mann, der uns mit großen Augen anstarrte. Vorsichtig tippten wir ihn an und fragten kleinlaut: „ Haben Sie vielleicht eine halbe Stunde Zeit? Wir würden gerne ihr Auto waschen." Er brummte nur, was so viel hieß wie „ Ja!" Aber leider hatten wir bei anderen Autofahrern nur wenig Erfolg.

Zurück am Waschplatz wurde uns langsam langweilig, und wir fingen an uns gegenseitig nass zu spritzen. Das war ein Spaß! Am Ende unserer Aktion zählten wir unser „Waschgeld" von ca. 250.-€ Wir jubelten über den großen Betrag. Die Hälfte des Geldes spendeten wir für die Kinder unserer Partnerschule in Bali, von der anderen Hälfte wird ein Teil unserer Klassenfahrt nach Tecklenburg bezahlt.

von Maren und Marina

Ein schöner Ausflug

Wir trafen uns bei herrlichem Wetter mit den Eltern an einem Samstag um 15 Uhr. Die meisten waren mit dem Fahrrad gekommen, nur wenige mit dem Auto. Dann strampelten wir los nach Hervest zum Grillplatz der Familie Wuttke. „Fahr nicht so schnell, sonst finde ich den Weg nicht!", rief Nico zu Patrick.

Als alle angekommen waren, gingen wir zu einer kleinen Hütte und legten unsere Rucksäcke ab. „Guckt mal, da sind zwei Tore!", rief Marc. Wir entdeckten noch eine Wasserrutsche, eine Seilbahn, einen Kiosk und eine Bahn mit Autoscootern. Einige Jungen rannten schnell zu den Fußballtoren. Es kamen noch Kinder einer anderen Klasse, und wir spielten gegen sie. Das Endergebnis war 5:2 für uns.

Andere Kinder hatten Spaß an der Wasserrutsche. Es war eine lange Rutsche, die bis in ein kleines Wasserbecken führte. Zum Glück hatten wir Badehosen an. „Ich gehe als Erster!", schrie Nico. Dann entdeckte Philipp eine Seilbahn.

„Kinder, das Essen ist fertig!", rief die Mutter von Maxi. Es gab gegrillte Würstchen, die, wie bei den ‚hot dogs', in die Brötchen gelegt wurden. Das Essen schmeckte gut. Nach dem Essen tobten wir noch eine halbe Stunde, und dann ging es nach Hause. Auf der Rückfahrt verabschiedeten wir uns. Ein schöner Tag ging zu Ende.

von Maxi und Marc-Philipp

Kampf um den ersten Platz

Heute sollte unser Sportfest stattfinden. „Guten Morgen Kinder, jetzt wärmen wir uns erst mal auf!", hörten wir Frau Sprengelmeyer auf dem Schulhof rufen. Wir machten Hampelmänner und tanzten zur Musik.

Dann marschierten wir mit unserer Klassenlehrerin zum Sportplatz, auf dem wir uns zunächst zurechtfinden mussten. Als wir alles geklärt hatten, gingen wir mit unserer Klasse zum Weitsprung. „ Hey 3.25 m, 3.40 m!", riefen wir alle durcheinander. Beim Weitwurf warf Anna fast ihren Opa ab, der aber noch rechtzeitig zur Seite springen konnte. Dann rannten wir zum Start des Sponsorenlaufes, wo wir uns mit klopfendem Herzen anstellten. Als das Startzeichen erklang, joggten wir alle los. „ Mist, nur noch eine Minute. Ob ich das noch schaffe?" Beim Schlusspfiff kamen alle doch noch am Ziel an. Sofort warfen wir uns ins Gras und machten eine längere Verschnaufpause. Danach ging es zum 50-m- Lauf. „ Schneller! Schneller!", schrien wir alle. Wir sind mit unserer letzten Kraft gerannt, um ins Ziel zu kommen.

Endlich! Alles ist vorbei.

Wir dachten, wir könnten uns zu Hause auf dem Sofa ausruhen, doch unsere Lehrerin meinte: „Kinder, wir haben noch eine Stunde Schule." Da rief Martha: „ Aber Frau Fiege, wir können nicht mehr! Lassen Sie uns doch lieber etwas malen." „Okay! Einverstanden!" Wir konnten wirklich nicht mehr! Das sah auch unsere Lehrerin.

Am nächsten Tag erwartete uns die Siegerehrung. Gespannt gingen wir in die Turnhalle und setzten uns auf die Matten. Die Kinder, die die Ehrenurkunden bekamen, traten nach vorne. Frau Ernst-Krahwinkel, unsere Rektorin, nahm zwei Kinder aus unserer Klasse an die Seite und lachte ins Mikrofon: „ Martha und Marc-Philipp sind in diesem Jahr die besten Sportler der Johannesschule." Wir waren richtig stolz aufeinander und gratulierten uns gegenseitig.

von Anna und Martha

Abschiedsfeier mit R.P.S.W.

Alles begann damit, dass die 3. Klassen etwas für die Verabschiedung der 4. Klassen einüben mussten. Wir hatten einen Tanz und den Sketch R.P.S.W. eingeübt und zusammen mit der Parallelklasse eine Scharade geprobt.

Bei der Vorführung passierte uns etwas Komisches. Als Frau Ernst die Scharade ankündigte, waren alle richtig aufgeregt. Robin und Martha mussten auch noch vorsingen, und da fingen sie plötzlich an zu lachen. Somit hatten sie das ganze Lied verpatzt.

Nach der Scharade haben wir den Sketch vorgeführt. Er handelte von einer Klasse im Jahre 1949. Herr Wammel, der Lehrer, fragte seine Schüler: „Was war Hausaufgabe für heute?" Der Schüler Kunz war das erste Opfer der Krankheit R.P.S.W. Die Auswirkung der Krankheit bestand darin, dass man den Satz, den man zuletzt gesagt hatte, immer wiederholen musste. So erging es Kunz. Er wiederholte immer und immer wieder „Wir mussten das Arbeitsleben der Honigbienen beschreiben..." Plötzlich hatten alle Schüler die Krankheit R.P.S.W. und faselten durcheinander. Herr Wammel schrie: „ Ruhe!" Alle waren sofort still und setzten sich. Auf einmal fing auch Herr Wammel an ständig den Satz zu wiederholen: „Morgen zusammen! Setzen! Was war Hausaufgabe für heute? ..." Alle Kinder und Lehrer lachten und klatschten. Wir waren nicht mehr aufgeregt, weil es gut geklappt hatte. Am besten war Nico, der Herrn Wammel gespielt hatte und viel auswendig lernen musste.

von Philipp, Robin und Martha

Das Radfahrtraining

Heute sollte das Radfahrtraining stattfinden. Wir trafen uns um 8.00 Uhr am Bus vor der Schule. Nach wenigen Minuten fuhren wir los. Auf der Fahrt unterhielten wir uns. „ Ist der Polizist wohl streng?", fragte Dennis. „ Kann sein! Kommt wir spielen noch schnell eine Runde ‚Schnick, Schnack, Schnuck'!" Nach kurzer Fahrzeit kamen wir an der Verkehrsschule an.

Wir versammelten uns in einem kleinen, engen Raum. Herr Hachmann, der Polizist, stellte sich vor und erklärte uns in den nächsten zwei Stunden, wie man sich richtig mit dem Fahrrad im Straßenverkehr verhält.

Dann setzten wir uns die Helme auf und stiegen gruppenweise auf die Räder. Herr Hachmann zeigte uns die richtige Pedalstellung. Angst hatten wir nicht. Einige Jungen fuhren jetzt als Linksabbieger, sechs andere Kinder im Gegenverkehr. „Dominik, fahr nicht zu langsam, sonst fahr ich dir ins Fahrrad!", rief Maxi. „ Kinder, denkt an das Handzeichen!", schrie Herr Hachmann. Zwischendurch konnten wir uns immer im Übungsraum aufwärmen.

Nach zwei Stunden holte uns der Busfahrer wieder ab. „ Bis Morgen!", rief Herr Hachmann hinterher. Später im Bus dachten wir, dass wir uns das anders vorgestellt hatten.

von Dominik und Dennis

Quellenverzeichnis

- Kapitel Klasse 1a und 1b: Zeichnungen der Kinder
- Kapitel Klasse 2b: Kopfzeile © Frau A. Marten-Steffens

  Flaggen: entnommen aus dem Internet, © unbekannt
- Kapitel Klasse 3a: Grafiken von Schülerarbeiten, Fotos © Frau A. Kahle
- Kapitel Klasse 3b: Grafiken und Fotos © Frau U. Weide
- Kapitel Klasse 4a: Fotos von der Klassenfahrt © Frau U. Ellenberg

  Tierfotos : entnommen aus dem Internet, © unbekannt
- Kapitel Klasse 4b: Grafiken von Schülerarbeiten © s. Unterschriften
- Bild auf dem Buchdeckel: Fotografiert und zur Verfügung gestellt von Frau C. Engel, Dorstener Zeitung